世界広布の大道

小説「新・人間革命」に学ぶ

V

21巻〜25巻

聖教新聞社

目次

第21巻 …… 7
基礎資料編 …… 9
名場面編 …… 17
御書編 …… 27
解説編 …… 35

第22巻 …… 43

基礎資料編 …… 45

名場面編 …… 53

御書編 …… 63

解説編 …… 71

第23巻 …… 79

基礎資料編 …… 81

名場面編 …… 89

御書編 …… 99

解説編 …… 107

第24巻 …… 115
基礎資料編 …… 117
名場面編 …… 125
御書編 …… 135
解説編 …… 143

第25巻 …… 151
基礎資料編 …… 153
名場面編 …… 161
御書編 …… 171
解説編 …… 179

挿絵　内田健一郎
イラスト　間瀬健治
装幀　株式会社プランク

一、本書は、「聖教新聞」に連載の「世界広布の大道　小説『新・人間革命』に学ぶ」（二〇二〇年七月一日付〜二〇二〇年十一月二十五日付）を収録した。

一、御書の御文は、『新編　日蓮大聖人御書全集』（創価学会版、第二七八刷）、法華経の経文は、『妙法蓮華経並開結』（創価学会版、第二刷）に基づき、（御書〇〇㌻）、（法華経〇〇㌻）と示した。

一、『新・人間革命』の本文は、聖教ワイド文庫の最新刷に基づき、（〇㌻）と示した。

一、編集部による注は、（＝　）と表記した。

編集部

『新・人間革命』

第21巻

「聖教新聞」連載
(2008年1月1日付〜9月15日付)

第21巻

基礎資料編

各章のあらすじ

物語の時期

1975年（昭和50年）1月26日～5月29日

「ＳＧＩ」の章

１９７５年（昭和50年）1月26日、世界51カ国・地域のメンバーの代表１５８人がグアムに集い、第１回「世界平和会議」が開催《かいさい》された。グアムは第２次世界大戦で日米の攻防戦《こうぼうせん》の舞台《ぶたい》となった島である。

山本伸一《やまもとしんいち》は、恩師・戸田城聖《とだじょうせい》の「地球民族主義」の言葉を胸《むね》に、会場にあった参加者署名簿《しょめいぼ》の国籍欄《こくせきらん》に「世界」と記《しる》す。

会議では、国際平和団体「ＩＢＬ」（国際仏教者連盟《こくさいぶっきょうしゃれんめい》）が誕生《たんじょう》。そして、創価の精神を根幹《こんかん》とした国際的機構《きこう》としてＳＧＩ（創価学会インタナショナル）が結成され、全参加者の総意で、伸一がＳＧＩ会長に就任《しゅうにん》する。また、生命の尊厳《そんげん》に目覚《ざ》めた民衆《みんしゅう》の連帯を築き、恒久《こうきゅう》平和の創出《そうしゅつ》を誓《ちか》った「平和宣言《せんげん》」が採択《さいたく》される。

スピーチに立った伸一は、「全世界に妙法という平和の種《たね》を蒔《ま》いて、その尊《とうと》い一生を終わってください。私もそうします」と呼《よ》びかける。

会場には、伸一が育《はぐく》んできた各国のリーダーが集《つど》っていたが、韓国は、一つにまとまることができずに、代表の姿《すがた》はなかった。しかし、韓国の同志は、幾多《いくた》の試練を乗《の》り越《こ》え、後に大発展《だいはってん》を遂《と》げることになる。

1975年（昭和50年）1月28日に帰国した山本伸一《やまもとしんいち》は、ノーベル平和賞を受賞した佐藤栄作《さとうえいさく》元総理をはじめ、国内外の各界のリーダーや識者らと精力的《せいりょくてき》に対話していく。また、執筆活動《しっぴつかつどう》にも力《ちから》を注《そそ》ぎ、一般紙《いっぱんし》に「私の履歴書《りれきしょ》」の連載《れんさい》を開始し、訪《ほう》ソの印象をまとめた『私のソビエト紀行《きこう》』も発刊する。

さらに、作家の井上靖《いのうえやすし》や福田赳《ふくだたけ》夫《お》副総理とも会談を重ねる。3月16日には、中国青年代表団を聖教新聞社で歓迎《かんげい》。また、日中国交正常化後、初の正式な中国からの留学生を迎《むか》える創価大学の入寮式《にゅうりょうしき》に駆《か》けつける。

4月14日、3度目の訪中《ほうちゅう》へ。北《ペ》京《キン》大学などを訪《おとず》れ、鄧小平《とうしょうへい》副総理と会談。難局《なんきょく》を迎《むか》えていた日中平和友好条約の締結《ていけつ》への見解をあらためて確認《かくにん》する。17日、カンボジアの首都プノンペンが民族統一戦線によって陥落《かんらく》する。翌《よく》18日、北京で、カンボジアのシアヌーク殿《でん》下《か》と会見。平和への全精魂《ぜんせいこん》を注《そそ》ぐ「人間外交」が展開《てんかい》されていく。19日には、創大1期生との出会いが縁《えん》となり交流する、呉月娥《ごげつが》が教壇《きょうだん》に立つ武漢《ぶかん》大学での図書贈呈式《ぞうていしき》に出席。21日、上海《シャンハイ》の復旦《ふくたん》大学を訪問。誠意《せいい》と信義《しんぎ》の行動をもって、日中友好に尽力《じんりょく》することを誓《ちか》う。

「人間外交」の章

1975年（昭和50年）5月3日、山本伸一《やまもとしんいち》は会長就任《しゅうにん》15周年の式典に出席。「創価功労賞《こうろうしょう》」等の授賞《じゅしょう》や会場提供者《ていきょうしゃ》への表彰《ひょうしょう》が行われる。その後、伸一は、男子部、学生部の代表の集いで、人材育成グループ「伸一会」を結成。5日の本部幹部会でも、参加者の隣《となり》で、学会歌を合唱し、渾身《こんしん》の激励《げきれい》を続ける。

13日、仏・英・ソ連の訪問《ほうもん》に出発。14日には、フランスのパリ大学ソルボンヌ校の総長と語り合う。15日、パリ会館での集いに臨《のぞ》み、16日、ローマクラブの創立者であるアウレリオ・ペッチェイ博士と会談する。伸一は欧州《おうしゅう》最高会議や友好祭などに出席する一方、

「共鳴音《きょうめいおん》」の章

陰《かげ》で活躍《かつやく》する同志のグループを結成し、現地の中心的メンバーの家を訪問する。

ロンドンに移動した伸一は、18日、市内で行われた代表者会でイギリスの理事長と再会。19日、トインビー博士に、対談集『21世紀への対話』（日本語版）と創大名誉教授称号《しょうごう》の証書《しょうしょ》を届《とど》けるために、王立国際問題研究所《おうりつこくさいもんだいけんきゅうじょ》を訪《たず》ねる。博士は病気療養中《りょうようちゅう》のため秘書《ひしょ》に託《たく》し、再びフランスへ。作家のアンドレ・マルローや、美術史家ルネ・ユイグと会談し、魂《たましい》の「共鳴音《きょうめいおん》」を響《ひび》かせる。

「宝冠《ほうかん》」の章

1975年（昭和50年）5月22日、フランスでの予定を終えた山本伸一《やまもとしんいち》は第2次訪ソへ。23日、ソ連対文連で、ポポワ議長らと語り合う。さらに、デミチェフ文化相と会談したあと、ショーロホフ生誕《せいたん》記念レセプションに出席。25日、レーニン臨終《りんじゅう》の地を訪《おとず》れ、居合《いあ》わせた子どもたちに声をかけ、交流する。

伸一は26日も、連邦会議《れんぽうかいぎ》議長、モスクワ市長、海運相らと会見を続ける。夕方、婦人・女子部の代表とソ連婦人委員会を訪《おとず》れ、世界初の女性宇宙飛行士《うちゅうひこうし》である同委員会のテレシコワ議長らと会談を行う。

27日、モスクワ大学から、伸一に知性《ちせい》の「宝冠《ほうかん》」である「名誉博士号」が贈《おく》られる。これが、世界の大学・学術機関からの、最初の名誉学術称号《しょうごう》となる。彼は、「東西文化交流の新しい道」と題して記念講演し、〝人間の心と心を結ぶ「精神のシルクロード」を〟と訴《うった》える。

翌《よく》28日、コスイギン首相と再会。中国への警戒《けいかい》を強くする首相に、訪中《ほうちゅう》で周恩来《しゅうおんらい》総理、鄧小平《とうしょうへい》副総理と会談したことを伝える。伸一は険悪化《けんあくか》する中ソ関係を改善《かいぜん》するため、自身が両者の懸《か》け橋《はし》になろうと覚悟《かくご》していたのである。

1975年1月26日

世界平和会議でSGIが発足

山本伸一の
平和旅
1975年1月～5月の訪問

グアムで行われた第１回「世界平和会議」。51カ国・地域の代表が集い、SGIが発足した（1975年１月26日）

第３次訪中　1975年4月14日～22日

年	月	日	主なできごと
1975年	４月	14日	北京の空港に到着。中日友好協会の張香山副会長や孫平化秘書長らの出迎えを受ける
		15日	張香山副会長らと懇談。故宮博物院、北京大学を訪問
		16日	人民大会堂で鄧小平副総理と２度目の会談
		17日	中日友好協会の廖承志会長と会見
		18日	北京市内のカンボジア王国民族連合政府の元首府を訪問し、元首のノロドム・シアヌーク殿下と会見
		19日	武漢大学を訪問し、図書贈呈式に出席
		21日	上海の復旦大学を訪問。教職員、学生と懇談

北京市内を散策し、子どもと交流する池田先生ご夫妻（1975年４月17日）

中国の鄧小平副総理と会談（1975年４月16日、北京の人民大会堂で）

第21巻

第22巻

第23巻

第24巻

第25巻

欧州訪問・第２次訪ソ

1975 年 5 月 13 日～ 29 日

年	月	日	主なできごと
1975 年	5 月	13 日	パリに到着。パリ会館でメンバーを激励
		14 日	パリ大学ソルボンヌ校を訪問し、総長と会談
		16 日	フランスの大統領官邸であるエリゼ宮を訪問。 ローマクラブの創立者アウレリオ・ペッチェイ博士と会談。 16 カ国のメンバーが集った欧州友好祭に出席
		18 日	ロンドンに到着。イギリスの代表者会に出席
		19 日	トインビー博士の秘書に、博士との対談集などを託す。 パリに戻り、作家のアンドレ・マルロー氏の自宅を訪問
		20 日	美術史家のルネ・ユイグ氏と会談
		22 日	モスクワに到着（第 2 次訪ソ）
		23 日	ソ連対外友好文化交流団体連合会（ソ連対文連）、文化省を訪問。 文豪ショーロホフ生誕 70 周年の記念式典などに出席
		26 日	クレムリンで連邦会議議長と会見。ソ連婦人委員会を訪れ、同委員会議長で女性宇宙飛行士のテレシコワ氏と懇談
		27 日	モスクワ大学から名誉博士号を受け、記念講演を行う
		28 日	ソ連平和委員会を訪問。レーニン廟に献花。 コスイギン首相と 2 度目の会談

パリ会館でローマクラブ創立者のアウレリオ・ペッチェイ博士（右から 2 人目）と会談（1975 年 5 月 16 日）。後年、対談集『21 世紀への警鐘』が編まれた

作家アンドレ・マルロー氏㊧の自宅を訪れ、対話（1975 年 5 月 19 日）。二人の語らいは後に対談集『人間革命と人間の条件』に結実

美術史家のルネ・ユイグ氏㊥と会談（1975 年 5 月 20 日、パリ会館で）。両者の対談集『闇は暁を求めて』は 1981 年に発刊された

モスクワ大学で記念講演をする池田先生。この日、同大学から名誉博士号を受けた（1975 年 5 月 27 日）

第21巻

名場面編

「SGI」の章　全世界に妙法《みょうほう》の平和の種《たね》を

〈1975年（昭和50年）1月26日、グアムに世界《せかい》51カ国《こく》・地域《ちいき》の代表が集《つど》い、第1回「世界平和会議《へいわかいぎ》」が開催《かいさい》された。席上、SGI（創価学会インタナショナル）が結成。山本伸一《やまもとしんいち》がSGI会長に就任《しゅうにん》した〉

司会者の弾《はず》むような声が響《ひび》いた。

SGI会長となった伸一の初めてのスピーチである。

大拍手《だいはくしゅ》と歓声《かんせい》が場内をつつんだ。

「おめでとう。ありがとう！」（中略）

そして、世界五十一カ国・地域から集った参加者の労《ろう》を深《ふか》くねぎらい、世界平和会議の意義《いぎ》について語《かた》っていった。

「ある面から見れば、この会議は小さな会議であるかもしれない。また、各国の名もない代表の集まりかもしれません。

しかし、幾《いく》百年後には今日《きょう》のこの会合が歴史に燦然《さんぜん》と輝《かがや》き、皆《みな》さんの名前も、仏法広宣流布《こうせんるふ》の歴史に、また、人類史に、厳然《げんぜん》と刻《きざ》まれゆくことを私は信《しん》じます」

確信《かくしん》に満《み》ちあふれた伸一の言葉《ことば》であった。

続いて彼は、現在、世界は軍事、政治、経済《けいざい》という力《ちから》の論理《ろんり》、利害の論理が優先《ゆうせん》されることによって平和が阻害《そがい》され、常に緊張《きんちょう》状態に置かれているのが実態であると指摘《してき》した。

そして、こうした平和阻害の状況《じょうきょう》を打破《だは》し、人類を統合《とうごう》し、平和への千里《せんり》の道を開く力こそ、高等宗教であると訴《うった》えた。

伸一は、ここで「異体同心《いたいどうしん》なれば万事《ばんじ》を成《じょう》じ」（御書1463ページ）の御文《ごもん》を拝《はい》し、生命尊厳《そんげん》の哲理《てつり》を根本《こんぽん》に、各国の民衆《みんしゅう》が団結して進んでいった時に、必ず永遠の平和が達成されると強《きょう》調《ちょう》。（中略）

伸一の言葉に熱がこもった。

「ともかく地平線《ちへいせん》の彼方《かなた》に、大聖人《だいしょうにん》の仏法の太陽が、昇《のぼ》り始めました。

皆《みな》さん方《がた》は、どうか、自分自身が花を咲《さ》かせ

ようという気持ちでなくして、全世界に妙法《みょうほう》という平和の種《たね》を蒔《ま》いて、その尊《とうと》い一生を終わってください。私もそうします。

私は、ある時は同志の諸君《しょくん》の先頭《せんとう》にも立ち、ある時は側面《そくめん》から、ある時は陰《かげ》で見守りながら、全精魂《ぜんせいこん》を込《こ》めて応援《おうえん》していくでありましょう」

最後に、彼は力強《ちからづよ》く呼《よ》びかけた。

「どうか勇気ある大聖人《だいしょうにん》の弟子として、また、慈悲《じひ》ある大聖人の弟子として、また、正義に燃《も》えた情熱の大聖人の弟子として、それぞれの国のために、尊き人間のために、民衆のために、この一生を晴《は》れ晴《ば》れと送ってください！」

伸一《しんいち》の言葉が各国語に訳《やく》されると、場内に雷《らい》鳴《めい》のような拍手が起こった。

（「ＳＧＩ」の章、40～44ページ）

「人間外交」の章　人間という共通項《きょうつうこう》に立て

〈連日、各界のリーダーや識者らと精力的に対話を重ね、深い友情を結んでいく山本伸一《やまもとしんいち》。彼の「人間外交」を目にした青年部の首脳幹部たちは、懇談の折、伸一に質問する〉

メンバーの一人が尋《たず》ねた。

「近年、先生が会談されている要人《ようじん》の方《かた》は、さまざまな分野に及《およ》び、さらに、全世界に広がっております。また、イデオロギー的に見れば、社会主義の人も、自由主義の人もおりますし、宗教も全く異《こと》なっています。

しかも、そういう方々が、先生とお会いになったあとは、先生を尊敬《そんけい》され、深い信頼《しんらい》を寄せられています。主義主張《しゅぎしゅちょう》も、価値観も違《ちが》う人びとと、共感し合い、友情で結ばれていくには、どういう心構《こころがま》えが必要でしょうか」

伸一は、微笑《ほほえ》みを浮《う》かべて語り始めた。

「いろいろ違いがあるというのは、当然のことじゃないか。違いというのは個性でもある。違いがあるからこそ、この世界は多様性《たようせい》に富《と》んだ、百花繚乱《ひゃっかりょうらん》の花園《はなぞの》なんだよ。

だから、差異《さい》は本来、認《みと》めることはもとより、尊敬し、学び合うべきものだ。まず、その視点《してん》をもつことだ。したがって、いかなる宗教の人であろうが、人間として尊重《そんちょう》することが大前提だよ」（中略）

青年と話す時、伸一の胸《むね》には、情熱が燃《も》え盛《さか》った。（中略）

「人には、さまざまな違いがある。多様である。しかし、その差異を超《こ》えた共通項《きょうつうこう》がある。それは、皆《みな》がこの地球に住む、同じ人間であるということだ。そして、生老病死《しょうろうびょうし》を見つめながら、誰《だれ》もが幸福であることを願い、平和を望んで、懸命《けんめい》に生きているということだよ。

その共通項に立てば、共有すべき〝思想〟に

行き着くはずだ。

それは、生命は尊厳《そんげん》なるものであり、誰《だれ》にも生存《せいぞん》の権利《けんり》があるということだ。幸福になる権利があるということだ。だから、絶対に戦争を許してはならない。

その生命の尊厳を裏付《うらづ》けているのが、一切衆生《いっさいしゅじょう》が、本来、仏であるという日蓮仏法の哲理《てつり》だ。ゆえに戸田先生《とだせんせい》は、仏法者の立場《たちば》から、地球民族主義《みんぞくしゅぎ》を提唱《ていしょう》され、原水爆禁止宣言《げんすいばくきんしせんげん》を発表《はっぴょう》されたんだよ」

伸一《しんいち》の対話の目的は、この人間としての共通《きょうつう》項《こう》を確認《かくにん》し合い、平和への共感の調《しら》べを奏《かな》でることにあった。国家、民族、宗教の違いを超えて、生命の尊厳を守る人間のスクラムを築《きず》き上げることにあった。

彼は人間の良心《りょうしん》を信《しん》じていた。胸襟《きょうきん》を開き、誠意《せいい》をもって語《かた》り合えば、必《かなら》ず理解《りかい》し合い、共感、信頼《しんらい》し合えるというのが彼の確信《かくしん》であった。


（「**人間外交**」の章、116～118ページ）

「共鳴音《きょうめいおん》」の章　一輪《いちりん》の花への感謝と誓《ちか》い

〈山本伸一《やまもとしんいち》の会長就任《しゅうにん》15周年となる5月3日、記念の式典が開催《かいさい》された。その席上、伸一の提案により、功績《こうせき》のある同志をたたえる「創《そう》価功労賞《かこうろうしょう》」などの授賞《じゅしょう》が行われた〉

伸一は、共に学会のため、広宣流布《こうせんるふ》のために奮闘《ふんとう》してくれた同志を賞讃《しょうさん》し、顕彰《けんしょう》していく流れを厳然《げんぜん》とつくっておきたかったのである。

受賞者《じゅしょうしゃ》は皆《みな》、喜々《きき》として晴《は》れやかであった。

「陰徳《いんとく》あれば陽報《ようほう》あり」（御書一一七八㌻）と言われるように、隠《かく》れた善行《ぜんこう》は明確《めいかく》な善の報《むく》いとなって必《かなら》ず表《あらわ》れる。

陰《かげ》で黙々《もくもく》と広宣流布のために献身《けんしん》してきた苦労は、いつか必ず、大功徳《だいくどく》となって花開く。仏法は生命の厳《げん》たる因果《いんが》の法則であるからだ。

伸一は「冥《みょう》の照覧《しょうらん》」という法理《ほうり》に則《のっと》り、広宣流布に尽《つ》くし抜《ぬ》いてくれた同志を表彰《ひょうしょう》することで、その敢闘《かんとう》を讃《たた》え、労をねぎらい、深い感謝の心を伝えたかったのである。（中略）

表彰《ひょうしょう》が受賞者《じゅしょうしゃ》の励《はげ》みとなり、さらに決意《けつい》に燃《も》えて奮闘《ふんとう》していただけるなら、それがまた、前《ぜん》進《しん》の新《あたら》しい活力《かつりょく》となる。

第二代会長の戸田城聖《とだじょうせい》も、広宣流布のために奮闘《ふんとう》した弟子たちをいかに賞讃《しょうさん》し、励《はげ》ますか、常に心を砕《くだ》いていた。「論功賞罰《ろんこうしょうばつ》はきちんとせよ」というのが、戸田の教《おし》えであった。（中略）折々《おりおり》に、句や和歌を作って、功績のあった弟子たちに贈《おく》っては、讃《たた》え、励ましてきた。

（中略）

かつて戸田城聖は、彼の事業が苦境《くきょう》に陥《おちい》り、その再建のために夜学《やがく》を断念《だんねん》した伸一に、万《ばん》般《ぱん》の学問の個人教授を続けた。「戸田大学」である。

伸一は懸命《けんめい》に学び、ことごとく吸収《きゅうしゅう》していった。ある講義が修了《しゅうりょう》した時、戸田は、机の上に

あった一輪《いちりん》の花を取って、伸一《しんいち》の胸《むね》に挿《さ》した。

「この講義を修了《しゅうりょう》した優等生《ゆうとうせい》への勲章《くんしょう》だ。伸一は、本当によくやってくれているな。金時計《きんどけい》でも授《さず》けたいが、何もない。すまんな……」

広宣流布の大師匠《だいししょう》からの真心の賞讃《しょうさん》である。

伸一は、その花こそ、世界中のいかなるものにも勝《まさ》る、最高に栄誉《えいよ》ある勲章《くんしょう》であると思った。感動を覚《おぼ》えた。自分は最大の幸福者《こうふくもの》であると感じた。

伸一は、後年《こうねん》、世界各国から、多くの国家勲《くん》章《しょう》を受けている。また、大学・学術機関からは、（中略）世界最多の名誉学術称号《しょうごう》を受けることになる。

彼は、その根本要因こそ、生命の因果の法則のうえから、師匠より賜《たまわ》った一輪の花に対する感謝と、ますますの精進《しょうじん》を誓《ちか》った「心」にこそあったと、深く、強く、確信しているのである。

（「共鳴音《きょうめいおん》」の章、229〜232ジペ）

「宝冠《ほうかん》」の章　師に捧《ささ》げる知性《ちせい》の宝冠

〈5月27日、モスクワ大学で、山本伸一《やまもとしんいち》に対する、名誉博士号の授与式《じゅよしき》が行われた〉

ホフロフ総長が立った。

「わがモスクワ大学は、山本先生に対して名誉博士号を贈《おく》ることを決定いたしました。ただ今から、その授与式を行います。（中略）この名誉博士号の授与は、山本伸一氏の、教育活動、平和事業への多大な貢献《こうけん》に対するものであります」

伸一への名誉博士号の授与は、モスクワ大学教授会の席上、同大学哲学部から提案があり、歴史学部と同大学付属《ふぞく》アジア・アフリカ諸国《しょこく》大学の支持を得て、推挙《すいきょ》され、教授会の決定をみたものであった。

「山本先生は、優《すぐ》れた社会活動家、平和運動家であり、哲学者、そして数多くの著作《ちょさく》をもつ作家として、よく知られています。会長は、それらの著作のなかで、現代の最も大事な問題として、人間関係の新しい価値観を提起《ていき》しております」

総長は、伸一の、世界平和と社会への貢献の具体的《ぐたいてき》な実績《じっせき》をあげて賞讃《しょうさん》し、それらが伝統《でんとう》あるモスクワ大学の名誉博士にふさわしい業績《ぎょうせき》であることを述《の》べ、こう話《はなし》を結《むす》んだ。

「今回《こんかい》の授与が、モスクワ大学と創価大学の協力《きょうりょく》と、ソ日両国民《にちりょうこくみん》の一層《いっそう》の親善《しんぜん》の発展《はってん》につながると信《しん》ずるものであります」

そして、総長は伸一に、名誉博士の学位記《がくいき》を手渡《てわた》した。

伸一にとって、世界の大学・学術機関からの第一号となる名誉学術称号が授《さず》けられたのである。意義深き「知性《ちせい》の宝冠《ほうかん》」であった。（中略）

ここで女子学生の代表から花束《はなたば》が贈られ、モスクワ大学卒業生の音楽家による弦楽器《げんがっき》の優雅《ゆうが》

で荘重《そうちょう》な調《しら》べが流れた。（中略）
伸一《しんいち》は、演奏《えんそう》に耳を傾《かたむ》けながら、恩師・戸田《とだ》城聖《じょうせい》をしのび、心で語りかけた。

〝先生！ 伸一は、ただ今、世界屈指《くっし》の名門である、モスクワ大学の名誉博士号をお受けしました。これも、ひとえに戸田先生の薫陶《くんとう》の賜《たま》物《もの》でございます。

私は、この栄誉《えいよ》を、弟子として先生に捧《ささ》げさせていただきます。さらに、私の教育と平和の戦いを支えてくださっている、学会の全同志《ぜんどうし》と共《とも》に、分《わ》かち合《あ》いたいと思います〟

伸一は、ただただ、戸田城聖の指導のままに、師の遺志《いし》を果《は》たさんとして、世界の平和のために、全力で走り抜《ぬ》いてきた。

その結果が、モスクワ大学からの名誉博士号の授与《じゅよ》となったのである。伸一は、「創価の師《し》弟道《ていどう》」のすばらしさを痛感《つうかん》していた。また、自分への授与によって、恩師の偉大《いだい》さを示せることが何よりも嬉《うれ》しかった。

（「宝冠《ほうかん》」の章、367～371㌻）

第21巻

御書編

一人《ひとり》立つ勇者のスクラム

御文

一閻浮提《いちえんぶだい》に広宣流布《こうせんるふ》せん事《こと》一定《いちじょう》なるべし

御講聞書《おこうききがき》　御書816ジペー

通解

全世界《ぜんせかい》に広宣流布《こうせんるふ》することは、間違《まちが》いないことである。

小説の場面から

平和の太陽は昇《のぼ》った。

世界広宣流布《せかいこうせんるふ》の新しき幕《まく》は上がった。

一九七五年（昭和五十年）一月二十六日——。（中略）

この日、世界五十一カ国《こく》・地域《ちいき》のメンバーの代表《だいひょう》百五十八人がグアムの国際貿易《こくさいぼうえき》センタービルに集《つど》い、第一回「世界平和会議《へいわかいぎ》」を開催《かいさい》。席上、世界各国のメンバーの団体からなる国際的機構《きこう》として、SGI（創価学会インタナショナル）が結成《けっせい》されたのである。

そして、全参加者の総意として懇請《こんせい》され、山本伸一《やまもとしんいち》がSGI会長に就任《しゅうにん》したのだ。

「生命《せいめい》の世紀」へ、「平和の世紀」へ、歴史の歯車《はぐるま》は、大きく回り始めたのである。

世界の恒久《こうきゅう》平和を実現するには、一切衆生《いっさいしゅじょう》に尊極《そんごく》無上《むじょう》の「仏《ほとけ》」の生命を見いだす仏法《ぶっぽう》の生命尊厳《そんげん》の哲《てつ》理《り》を、万人万物《ばんにんばんぶつ》を慈《いつく》しむ慈悲《じひ》の精神を、人びとの胸《きょう》中《ちゅう》に打ち立てなければならない。それが広宣流布である。（中略）

しかし、それは、ただ待っていればできるということではない。〝この御本仏《ごほんぶつ》の御言葉《おことば》を、虚妄《こもう》にしてなるものか！〟という弟子たちの必死の闘争《とうそう》があってこそ、広宣流布の大伸展《だいしんてん》はあるのだ。（中略）

グアムに集《つど》った代表は、いずれも各国のリーダーであり、広宣流布をわが使命として立ち上がった闘《と》士《し》たちであった。創価の先駆者《せんくしゃ》であった。

その一人《ひとり》立った勇者たちが、スクラムを組み、SGIという世界を結ぶ平和の長城《ちょうじょう》の建設に立ち上がったのである。

（「SGI」の章、7～9㌻）

今まで以上に力《ちから》を尽《つ》くす

御文

兄弟抄　御書1087ページ

魔《ま》競《きそ》はずは正法《しょうほう》と知るべからず

通解

魔《ま》が競《きそ》い起《お》こらなかったならば、その法が正法《しょうほう》であると考えてはならない。

小説の場面から

〈1975年（昭和50年）5月3日、山本伸一《やまもとしんいち》は、会長就任《しゅうにん》15周年を記念する式典でスピーチする〉

「長い広宣流布《こうせんるふ》の旅路《たびじ》にあっては、雨の日も、嵐《あらし》の日もあるでしょう。戦いに勝つこともあれば、負けて悔《くや》し涙《なみだ》をのむこともあるでしょう。しかし、勝ったからといって、驕《おご》って、虚勢《きょせい》を張《は》るようなことがあってはならないし、負けたからといって、卑屈《ひくつ》になる必要もありません。何があろうが、堂々《どうどう》と、また、淡々《たんたん》と、朗《ほが》らかに、共々《ともども》に使命の道を進んでまいろうではありませんか！

前進《ぜんしん》が加速すればするほど、風も強くなるのは道理であります。したがって、ますます発展《はってん》しゆく創価学会に、さまざまな試練《しれん》が待ち受けているのは当然であります。

〝まさか！〟と思うような、予想外の大難《だいなん》も必ずあるでしょう。だからこそ、日蓮大聖人《にちれんだいしょうにん》は『魔競《まきそ》はずは正法《しょうほう》と知るべからず』と仰《おお》せなんです」

未来を予見《よけん》するかのような言葉であった。

「私は、いかなる事態《じたい》になろうとも、情勢《じょうせい》がどう変わろうとも、今までの十倍、二十倍、三十倍、五十倍と力《ちから》を尽《つ》くし、皆《みな》さんを、創価学会を守《まも》り抜《ぬ》いてまいります。それが会長です。皆さんのために会長がいるのだと、私は心を定めております。

何があろうとも、どんな困難《こんなん》に遭遇《そうぐう》しようと、私は皆さんを守るために、一歩でも、二歩でも、前進するのだと決めて、力の限《かぎ》り戦います」

（「**共鳴音**《きょうめいおん》」の章、235～236㌻）

平和・文化・教育への貢献《こうけん》

識者が語る

ロシア　モスクワ大学
サドーヴニチィ総長

会長の対談は偉大《いだい》な民間外交

私がモスクワ大学総長として、1992年に池田SGI会長と会見した時、会長からは「常《つね》に人々に善《ぜん》を行おうと努力する人」、そして「偉大《いだい》な人格者《じんかくしゃ》」「重要な人間的価値に自身の全人生を捧《ささ》げた人物」との印象を受けました。

池田会長は、まぎれもなく偉大な方《かた》です。私は、常に会長の深い見識《けんしき》と教養《きょうよう》の源《みなもと》はどこにあるのかと驚嘆《きょうたん》してやみません。それは、会長のご両親、先祖、人生の師匠《ししょう》を通して育《はぐく》まれてきたものでしょう。

会長は、とても知性豊《ちせいゆた》かで、善《ぜん》良《りょう》で、穏《おだ》やかでありながら、それでいて、ご自身のなすべきことには深く精通《せいつう》された、誠実《せいじつ》に活動する方です。そして、献身《けんしん》の人です。大学、社会、創価の運動に全人生を捧《ささ》げてこられた、深い信頼《しんらい》を寄《よ》せることができるパートナーです。

会長は、世界の一流の知識人と会見し、対話し、対談集《たいだんしゅう》を発刊されています。それこそ、国の外交に先《さき》んじて行うべき、偉大で必要不可欠《ふかけつ》な民間外交であると申し上げたい。

なぜなら、まさに会長のような人こそが、諸民族《しょみんぞく》の交流の橋を見いだすことができるからです。池田会長の貢献《こうけん》は、その点にあると思います。

その多大な貢献に対する評価は、まだまだ不十分《ふじゅうぶん》であると私は思います。これから多くの世代が、会長の対談集《たいだんしゅう》、著作《ちょさく》、論文《ろんぶん》を学び、会長の民間外交への貢献《こうけん》を、さらに評価していくことでしょう。

　モスクワ大学であれ、他の大学であれ、大学からの顕彰《けんしょう》は、その人物の多大なる貢献をたたえたものです。なぜなら、名誉学位の一つ一つが、大学全体の総意を反映《はんえい》したものだからです。池田会長が、これほど多くの世界の大学、団体、学術機関から顕彰を贈《おく》られているという事実は、会長の偉大な人格を改《あらた》めて物語っています。

　1975年の第2次訪ソの折、池田会長は、モスクワ大学名誉博士号を受けられ、これが第一号となりました。さらに、2002年には、名誉教授称号《しょうごう》を受けられています。

　一人の人が、モスクワ大学から二つの最高の学術称号を受けられることは例外的《れいがいてき》なことです。私は、会長ご自身の学術活動の貢献、そして著作が、この二つの学術称号に値《あたい》するものであると考えます。

創価大学を訪問したサドーヴニチィ総長（中央右）。モスクワ大学から池田先生への二つ目の名誉学術称号となる「名誉教授」称号が贈られた（2002年6月、創価大学で）

ヴィクトル・A・サドーヴニチィ

1939年、ウクライナ生まれ。モスクワ大学機械・数学部大学院を修了。76年に同大学教授となり、92年に同大総長に就任。機械・数学の機能理論・機能分析学の分野における世界的研究者。ソ連崩壊後、総長としてモスクワ大学の教育水準の維持、財政再建に尽力する。

ここにフォーカス

手遅《ておく》れにならないうちに

「共鳴音《きょうめいおん》」の章に、山本伸一《やまもとしんいち》が、ローマクラブの創立者であるアウレリオ・ペッチェイ博士と語らう場面が描《えが》かれています。

1972年（昭和47年）、ローマクラブは、資源《しげん》の有限性を警告《けいこく》したリポート『成長の限界』を発表。それにより、ローマクラブの名は世界で知られるようになりました。

ペッチェイ博士は、食糧《しょくりょう》不足や資源の枯渇《こかつ》、環境汚染《かんきょうおせん》など、人類が抱《かか》える危機《きき》を乗《の》り越《こ》えるためには、人間自身のエゴの克服《こくふく》が必要と指摘《してき》し、「人間性革命」を提唱《ていしょう》しました。その博士が、伸一との対談を通して、より根源的《こんげんてき》な「人間革命」の必要性を主張するようになります。

両者の語らいは5度に及《およ》び、往復書簡《おうふくしょかん》も交《まじ》えた内容は、対談集『21世紀への警鐘《けいしょう》』（邦題《ほうだい》）に結実《けつじつ》。その最後は、ペッチェイ博士の次の言葉で締《し》めくくられています。

「人間革命こそが、新しい進路の選択《せんたく》と、人類の幸運の回復を可能にする積極的な行動の鍵《かぎ》なのであり、したがって、われわれは人間革命を推進《すいしん》すべく、力《ちから》の及ぶかぎりあらゆる手を尽《つ》くさなければなりません――手遅《ておく》れにならないうちに」

社会は感染症《かんせんしょう》の流行や気候変動に伴《ともな》う大規模《だいきぼ》災害など、多くの困難《こんなん》に直面しています。自他共の幸福の実現を祈り、自身の人間革命に挑戦するのは、「今」なのです。

第21巻

解説編

紙上講座

池田博正 主任副会長

動画で見る
セイキョウムービー（5分04秒）

ポイント

① 「SGI」結成《けっせい》の精神
② 「師弟不二《ふに》」の道を貫《つらぬ》く
③ 〝励《はげ》まし社会〟の創出《そうしゅつ》へ

「SGI」の章では、SGI（創価学会インタナショナル）結成《けっせい》の淵源《えんげん》、その精神について、詳《くわ》しく記《しる》されています。SGIが発足《ほっそく》したのは、1975年（昭和50年）1月26日、米グアムでの「世界平和会議」の席上でした。

当初、同会議では、国際平和団体である「IBL」（国際仏教者連盟）のみが発足《ほっそく》する予定でした。

IBLは、創価学会が世界に広がる中で、各国のメンバー同士が連携《れんけい》を取り、支え合うための国際機構で、運営を中心とした法人・団体等の互助組織《ごじょそしき》でした。

設立の準備に当たる中で、各国のリーダーたちは、大切なことに気付き始めます。それは、世界広布の伸展《しんてん》の上で、**「誤《あやま》りのない信心の指導が受けられる機構」**（22ページ）が必要であり、**「運営的な問題は、皆で話し合って進めていけばよいが、信心を学ぶには師匠が必要」**（26ページ）ということです。

各国のリーダーたちは、〝学会精神を学ぶ機構の指揮《しき》を、山本《やまもと》会長に執《と》ってほしい〟との思いを強く抱《いだ》くようになっていきます。伸一《しんいち》は熟慮《じゅくりょ》を重ねた上で、SGI会長に就任《しゅうにん》する意思を固めました。

まさに、ＳＧＩは、**「人類の平和と幸福を担《にな》い立つ真の人材を育てようとする伸一《しんいち》の、ほとばしる思い。そして、仏法の師匠を求め抜く、世界の同志《どうし》の一途《いちず》な思い――その師弟の心の結合《けつごう》」**（31ページ）によって誕生《たんじょう》したのです。

今、世界には〝危機《きき》の嵐《あらし》〟が吹《ふ》いています。困難な状況だからこそ、ＳＧＩの原点に立ち返り、師弟の心の結合をますます強める時です。**「ＳＧＩ――それは、世界を結ぶ異体同心《いたいどうしん》の絆《きずな》である。それは、世界平和の赫々《かっかく》たる光源《こうげん》である」**（100ページ）との通り、世界の友とスクラム固く、前進してまいりたいと思います。

連載《れんさい》当時の状況

ＳＧＩ発足直後の同年2月1日から一般紙で連載《れんさい》され、春に発刊《はっかん》されたのが『私の履歴書《りれきしょ》』です。池田先生の自伝《じでん》がつづられ、**「体験をもとにした平和への叫《さけ》び」**（121ページ）である同著は、大きな反響《はんきょう》を呼びました。

先生の歩みは、人類一人《ひとり》一人の人間革命を機軸《きじく》とした恒久《こうきゅう》平和建設の歴史でした。

ＳＧＩの出発となった「世界平和会議」で伸一は語っています。

「ともかく地平線の彼方《かなた》に、大聖人の仏法の太陽が、昇《のぼ》り始めました。

皆さん方は、どうか、自分自身が花を咲《さ》かせようという気持ちでなくして、全世界に妙法という平和の種を蒔《ま》いて、その尊い一生を終わってください。私もそうします」（43ページ）

当時、「世界平和会議」に集《つど》ったのは51カ国・地域でした。池田先生は自《みずか》ら先頭に立ち、一貫《いっかん》して世界に友情を紡《つむ》いでいかれました。

その後、世界広布は大きく伸展し、第21巻の連載がスタートした2008年（平成20年）、一つの節《ふし》を迎《むか》えます。SGIが世界190カ国・地域に広がる中で、池田先生が80歳を迎えられたのです。

先生はかつて、**「八十歳まで……世界広布の基盤《きばん》完成なる哉《かな》」**と随筆《ずいひつ》に書かれました。その通り、まさに世界広布の基盤完成をもって、80歳の佳節《かせつ》を刻《きざ》まれました。

前年9月から、「広布第2幕」の全国青年部幹部会が開催され、2008年の「3・16」には女子部の「池田華陽会《かようかい》」が結成されました。この時に連載された第21巻は、世界広布の基盤が完成した広布第2幕以降における重要な指針が示されています。

それは、**「われらの団結とは、縦《たて》には広宣流布の師匠と弟子との不二《ふに》の結合である」**（98ジペー）、**「常に求道心を燃やして、師匠を求めていくことが大事」**（246ジペー）とあるように、「師弟不二」の道を貫《つらぬ》くことにほかなりません。

小説『人間革命』第10巻では、「師弟不二」の峻《しゅん》厳《げん》なる道について、弟子が師匠の意図《いと》を五体に巡《めぐ》らせ、**「自発能動《じはつのうどう》の実践の姿をとる時、初めて師弟不二の道を、かろうじて全《まっと》うすることができる」**（130ジペー）と記されています。

師弟といっても、弟子の姿勢によって全てが決まります。池田門下が自発能動で進んでいく時、師が開かれた世界広布の足跡《そくせき》が光り輝《かがや》くのです。

〝善《ぜん》の連帯《れんたい》〟築く対話

鄧小平《とうしょうへい》副総理、シアヌーク殿下《でんか》、ペッチェイ博士、世界初の女性宇宙飛行士・テレシコワ氏、コスイギン首相、佐藤栄作《さとうえいさく》元総理――多忙な中にあって、どうして伸一《しんいち》は、世界のリーダーと有意義《ゆういぎ》な語らいを進めることができたのか。

その姿勢について、「人間外交」の章で、**「対話には勇気と決断が大切である。まず、断じて語り合おうと心を定めて、懸命《けんめい》に時間をつくり出すのであ**

る」（136ページ）と強調《きょうちょう》されています。時間があるから、意義ある対話ができるというわけではありません。対話は自分の決意次第であり、「勇気」と「決断」こそが、その第一歩なのです。

印象的なのは、伸一《しんいち》が「一人《ひとり》」と向き合った時の〝励まし抜《ぬ》こう〟との真心です。

同章では、中国人留学生を創価大学に初めて受け入れた際、創立者として、身元保証人となる感動的なシーンが描かれます。〝一人たりとも落胆《らくたん》させまい〟と、留学生に対し、まるで家族のごとく接していきます。その姿に、教職員や学生は襟《えり》を正しました。

「共鳴音《きょうめいおん》」の章に、**「励ましの対話によって、その心を開き、勇気と希望の光を送り、人間と人間の善《ぜん》の連帯《れんたい》をつくりあげていく」**（253ページ）とつづられています。ここに、私たちの対話運動の目的もあります。

現在（＝2020年7月）、コロナ禍《か》の「新しい日常」の中で、以前のように、積極的《せっきょくてき》に会って励ましを送ることが難しい局面にあります。**「創価学会のめざす広宣流布とは一次元から言えば、〝励まし社会〟の創出《そうしゅつ》である」**（同ページ）とある通り、こうした状況下で大切にしたいのは、直接会うという〝方法〟〝手段〟よりも、励まし社会を創《つく》り出そうとの一人一人の〝強い決意〟です。

青年部は、オンラインの集いや激励を定着化させています。さらに、多宝会の友をはじめ、多くの同志が、〝電話・手紙でも激励できる〟と、「新しい激励」に挑戦してくださっております。過日の随筆《ずいひつ》（聖教新聞2020年7月7日付）で、池田先生は**「我らの価値の創造《そうぞう》に限界はない」**と、励ましに徹《てっ》する同《どう》志《し》を最大にたたえられました。

「暗《あん》から明《めい》へ、絶望から希望へ、敗北から勝利へ、いかにして一念を転換《てんかん》させるか――」（295ページ）。絶望を希望へと変えていくのが、私たちの励ましなのです。

名言集

時をつくる

今はどんなに大変で困難《こんなん》な状況《じょうきょう》であっても、黙々《もくもく》と広宣流布の種《たね》を蒔《ま》き続けていくならば、必ずいつか花は開く。いな、必ず、そうしていくのだと決意することだ。
祈《いの》りに祈り、粘《ねば》り強《づよ》く時を待ち、時をつくるのだ。

（「SGI」の章、53ジペー）

勝利の姿《すがた》

仲良く団結しているということは、それ自体《じたい》、一人《ひとり》ひとりが自身に打ち勝った勝利の姿《すがた》であるといえる。わがままで自分中心であれば、団結などできないからだ。

（「SGI」の章、99ジペー）

友情の苗《なえ》

友情の苗《なえ》は、その場限《ばかぎ》りの出会いでは育たない。誠実《せいじつ》を水や肥料《ひりょう》をやり、丹精《たんせい》して苗が育つように、誠実を尽《つ》くしてこそ、友情は育つのだ。

（「人間外交」の章、156ジペー）

祈りの根本《こんぽん》

祈りの根本《こんぽん》は、どこまでも広宣流布であり、広布のためにという一念から発する唱題に、無量無辺《むりょうむへん》の功徳《くどく》があるんです。

（「共鳴音《きょうめいおん》」の章、290ジペー）

人間主義

人間的であることとは、人への感謝《かんしゃ》の心をもち、率直《そっちょく》に、その気持ちを伝えることである。感謝なき人間主義もなければ、自身の思いを表現せぬ無表情の人間主義もない。

（「宝冠《ほうかん》」の章、372ジペー）

1975年5月、池田先生はモスクワ大学を訪問。ホフロフ総長（手前右端）と学内を歩きながら語らいの花を咲かせる

英ロンドンのテムズ川に架かるタワー・ブリッジ（1989年5月、池田先生撮影）。第21巻では、イギリスの友が「〝大変な時こそ頑張る〟をモットーに、勇んで困難に挑み、勝利を築いていく」との誓いを述べる場面が描かれている

『新・人間革命』

第22巻

「聖教新聞」連載
（2008年11月18日付～2009年9月7日付）

第22巻

基礎資料編

各章のあらすじ

物語の時期

1975年（昭和50年）5月30日～12月29日

1975年（昭和50年）6月、山《やま》本《もと》伸一《しんいち》は「新世紀」への飛翔《ひしょう》のために、東京各区をはじめ、各地の首脳《しゅのう》幹部との協議会に力《ちから》を注《そそ》ぐ。新会館の建設や記念行事の開催《かいさい》の決定など、新しい前進《ぜんしん》の目標が打《う》ち出《だ》される。

7月3日、戸田《とだ》第2代会長の出《しゅっ》獄《ごく》30周年記念集会で伸一は、恩師が提唱《ていしょう》した「地球民族主義」の大構想を実現するため、命の限《かぎ》り走り抜《ぬ》くとあいさつする。青年部は、7月に男子部、女子部の結成記念日を迎《むか》えることから、「聖教新聞」で、座談会「青年が語る戸田城聖《じょうせい》観」を連載《れんさい》開始。師と共に新しい時代を開く青年の熱意《ねつい》があふれる

「新世紀」の章

紙面《しめん》となった。

また、伸一と文学界の巨匠《きょしょう》・井《いの》上靖《うえやすし》との手紙による語らいが、「四季の雁書《がんしょ》」として月刊誌《げっかんし》「潮《うしお》」7月号から連載を開始。生死の問題をはじめ、幅広《はばひろ》い対談は12回にわたり、77年（同52年）に単行本《たんこうぼん》として結実《けつじつ》する。伸一は、〝経営の神様〟といわれる松下幸之助《まつしたこうのすけ》とも、出会いを重ね、書面を通しての語らいを進めてきた。人間の生き方から、日本、世界の進路など、テーマは多岐《たき》にわたり、75年の10月、往復書簡集《しょかんしゅう》『人生問答《もんどう》』が発刊《はっかん》に至《いた》る。

1975年（昭和50年）7月22日、山本伸一《やまもとしんいち》は、第12回全米総会を中心とした「ブルー・ハワイ・コンベンション（大会）」に出席するため、ホノルルへ。この大会は、アメリカ建国200年の前年祭記念行事として開催《かいさい》されることになり、大統領からもメッセージが寄《よ》せられていた。23日、伸一は、大会のコントロールセンターの開所式に臨《のぞ》み、スタッフを激励《げきれい》。その夜には、アルゼンチン、広島などの交流団の代表を、24日にはブラジル、ペルーの代表を宿舎《しゅくしゃ》に招《まね》いて懇《こん》談《だん》する。

26日の全米総会には州知事も出席。伸一は、異民族《いみんぞく》同士の共存《きょうそん》を

「潮流《ちょうりゅう》」の章

可能にしてきたハワイの「アロハの精神」こそ、仏法で説く「慈悲《じひ》」「寛容《かんよう》」に通じると述《の》べる。その夜の記念パレードには、伸一との約束を果《は》たし、5人が参加したニカラグアのメンバーの姿《すがた》も。大会の最終日には、アメリカの建国の精神と歴史をうたい上げたミュージカルが披露《ひろう》された。

伸一は、行事の合間《あいま》も来賓《らいひん》との会見を重ね、29日には、大会を陰《かげ》で支えたメンバーの労《ろう》をねぎらう。15年前に、世界広布の第一歩をしるしたハワイから、再び平和の新しい「潮流《ちょうりゅう》」が起《お》ころうとしていた。

「波濤《はとう》」の章

山本伸一《やまもとしんいち》は、ハワイから帰国すると、創価大学での夏季講習会で陣頭《じんとう》指揮《しき》を執《と》る。1975年（昭和50年）8月3日の「五年会」の総会、4日の高等部総会での渾身《こんしん》の指導をはじめ、5日には総会に集《つど》った中等部員を、6日には少年・少女部員を見送るなど、激励《げきれい》を続ける。

東京男子部の講習会では、外国航《こう》路《ろ》で働く船員の集いである「波濤《はとう》会《かい》」のメンバーと記念撮影《さつえい》。「波濤会」は、71年（同46年）に結成された。大しけで遭難《そうなん》した貨物船の乗組員全員を救助し、総理大臣表彰《ひょうしょう》を受けた「だんぴあ丸」の船長など、多くの人材が育つ。また、不況《ふきょう》にあえぐ海運業界を勇気づけようと企画《きかく》した「波濤会」の写真展《しゃしんてん》は海外でも開《かい》催《さい》され、共感《きょうかん》の波《なみ》を広げる。

9月9日、女子部学生局の幹部会に出席した伸一は、夜の会合の終了《しゅうりょう》時間を午後8時30分とする「8・30運動」を提案。28日には、女子部の人材育成グループ「青春会」結成式へ。新時代の女性リーダーを育成するこの会は、その後、各方面でも結成される。伸一は21世紀を託《たく》す思いで魂《たましい》を打ち込《こ》む。やがて広布の枢要《すうよう》な立場で活躍《かつやく》するメンバーや社会で重責《じゅうせき》を担《にな》う人材が育っていく。

「命《みょう》宝《ほう》」の章

この世で最も尊厳《そんげん》な宝《たから》は、生命である。山本伸一《やまもとしんいち》は、1975年（昭和50年）9月15日、ドクター部の総会に初めて出席。この日は、「ドクター部の日」となる。

11月7日夕刻《ゆうこく》、広島入りした伸一は、落成間《らくせいま》もない広島文化会館を視察《しさつ》。夜には開館式に出席する。8日には、平和記念公園の原爆死没者慰霊碑《げんばくしぼつしゃいれいひ》に献花《けんか》し、祈りを捧《ささ》げる。9日、被爆《ひばく》30年を迎《むか》えた広島で本部総会を開催《かいさい》。伸一は、この地上から一切の核兵器《かくへいき》が絶滅《ぜつめつ》する日まで、最大の努力を傾《かたむ》けることを宣言《せんげん》し、広島での国際平和会議の開催など、具体的な取り組みを提案する。さらに、創価学会の社会的役割《やくわり》などに言及《げんきゅう》し、講演は1時間20分にも及《およ》んだ。

終了後《しゅうりょうご》、来賓《らいひん》のレセプションを終えた伸一は、広島未来会第2期の結成式へ。少年少女合唱団も招《まね》き、交流のひとときをもつ。10日には、海外メンバーの歓迎《かんげい》フェスティバル、原爆犠牲者《ぎせいしゃ》の追善勤行《ついぜんごんぎょう》会《かい》などが続くなか、広島会館へ。会館前の民家の主人とも対話を交わす。11日、予定を変更《へんこう》し、呉《くれ》会館を初訪問《はつほうもん》。駆《か》け付《つ》けたメンバーと勤行する。また、広島文化会館に戻《もど》る途次《とじ》にも、学会員を見つけては、励《はげ》ましを送る。

山本伸一の激励行《げきれいこう》

波濤《はとう》会

海外航路に従事する船員のグループ「波濤会」のメンバーと、記念撮影に臨む（1975年8月、創価大学で）

女子学生部

女子部学生局（当時）の幹部会に出席（1975年9月9日、東京の旧・創価文化会館で）。この日が後に「女子学生部の日」に制定される

ドクター部

東京・信濃町の学会本部で開催された第3回ドクター部総会（1975年9月15日）。これが「ドクター部の日」の淵源となった

広島

激務の合間を縫って、広島・呉会館を訪れる池田先生。来訪を心待ちにしていた同志を激励（1975年11月）

ホノルル市内の会館で各種行事を支えたメンバーと勤行した後、ガーデンパーティーで激励する（1975 年 7 月のハワイで）

アメリカ・ハワイ

浮島の舞台が設置された第 12 回全米総会（1975 年 7 月、ハワイで）

識者との語らい

芳名録に記帳するパナソニック創業者の松下幸之助氏㊧（1980年12月、東京・創価国際友好会館〈当時〉で）。池田先生と松下氏は67年に初めて出会って以降、親交を深める。両者の往復書簡は『人生問答』として出版された

文豪・井上靖氏㊧と池田先生が語り合う（1975 年 3 月、旧・聖教新聞本社で）。両者は、月刊誌「潮」で往復書簡を連載。後に『四季の雁書』として発刊された

第22巻

名場面編

「新世紀」の章　師への誓《ちか》いが会館建設の礎《いしずえ》

〈１９７５年（昭和50年）ごろから、学会は会館の整備にも力《ちから》を注《そそ》いだ。会館というと、山本《やまもと》伸一《しんいち》には、忘《わす》れられない思い出があった〉

一九四九年（昭和二十四年）秋《あき》ごろから、戸《と》田《だ》の会社《かいしゃ》の経営《けいえい》は悪化《あっか》し、窮地《きゅうち》に陥《おちい》っていった。学会に迷惑《めいわく》をかけないようにと、戸田は学会の理事長《りじちょう》も辞任《じにん》した。とても会館の建設どころではなかった。

そんなある日、戸田と伸一は日比谷《ひびや》方面《ほうめん》に出かけた。どしゃ降《ぶ》りの雨になった。傘《かさ》もなく、タクシーもつかまらなかった。全身、ずぶ濡《ぬ》れになった戸田を見て、伸一は胸《むね》が痛《いた》んだ。弟子としていたたまれぬ思いがした。

目の前に、ＧＨＱ（連合国軍総司令部《れんごうこくぐんそうしれいぶ》）の高いビルがそびえ立っていた。そのビルを見上げて、伸一は戸田に言った。

「先生、申《もう》し訳《わけ》ございません。必ず、将来《しょうらい》、先生に乗っていただく車も買います。広宣流布《こうせんるふ》のための立派《りっぱ》なビルも建てます。どうか、ご安心ください」

弟子の真剣《しんけん》な決意を生命《いのち》で感じ取った戸田は、嬉《うれ》しそうにニッコリと頷《うなず》いた。（中略）

戸田城聖《じょうせい》が第二代会長に就任しても、しばらくは、学会の経済的基盤《けいざいてききばん》は確立《かくりつ》できず、独立《どくりつ》した本部《ほんぶ》の建物《たてもの》をもつことはできなかった。

（中略）

戸田は、会員のために、一刻《いっこく》も早く、広い立派な建物をつくりたいと念願《ねんがん》していた。皆《みな》に申し訳ない気持ちさえ、いだいていた。

しかし、そんな戸田の心も知らず、「学会も早く本部をつくらなければ、何をやるにも不便《ふべん》で仕方ありませんな。（中略）建物の一つももちたいものですね」などと言う幹部もいた。

すると、戸田は強い口調《くちょう》で語った。

「まだよい。かたちばかりに目を奪《うば》われるな。私のいるところが本部だ！　それで十分《じゅうぶん》じゃないか。今は建物のことより、組織を盤石《ばんじゃく》にすることを考えなさい」

山本伸一《やまもとしんいち》は、そんな戸田《とだ》の言葉を聞くたびに、心に誓《ちか》っていた。

〝先生、私が頑張《がんば》ります。一日も早く、気兼《きが》ねなく皆《みな》が集《つど》える、独立した本部をもてるようにいたします〟

一九五三年（昭和二十八年）十一月、新宿区信濃町《しなのまち》に学会本部が誕生《たんじょう》した時、戸田はまるで、子どものような喜びようであった。（中略）

戸田は伸一に言った。

「将来《しょうらい》は、日本中に、こんな会館が建つようにしたいな」

伸一は、その言葉を生命《いのち》に刻《きざ》んだ。

そして今、かつての学会本部をはるかにしのぐ、幾《いく》つもの大会館を、各県区に、つくれるようになったのである。

（「**新世紀**」の章、11～15㌻）

「潮流《ちょうりゅう》」の章　真心の手紙は友の魂《たましい》を触発《しょくはつ》

〈7月、ハワイで行われたパレードに、支部結成間《けっせいま》もない、ニカラグアから五人のメンバーが参加し、喝采《かっさい》を浴《あ》びた。支部婦人部長の山西《やまにし》清子《きよこ》は、帰国後、山本伸一《やまもとしんいち》に感謝の手紙を送る〉

すると、多忙《たぼう》を極《きわ》める伸一に代わって、峯子《みねこ》から長文の返事が届《とど》いた。

「お便《たよ》り嬉《うれ》しく拝見《はいけん》いたしました。ハワイでお元気な姿《すがた》に接し、また、五人もの同志《どうし》が参加なさいましたことは、条件《じょうけん》の違《ちが》いを考えますと、日本ならば五百人にも相当するものであったと思います。ニカラグアの初のパレードに対し、私どもも目頭《めがしら》を熱《あつ》くしながら、拍手《はくしゅ》を送らせていただきました」

山西の手紙に対して、伸一は峯子に、自分の真情《しんじょう》を語り、返書を認《したた》めるように頼《たの》んだのである。峯子からの手紙は、伸一の心でもあった。

彼らは常に、こうした二人三脚《ににんさんきゃく》ともいうべき呼吸《こきゅう》で、広宣流布《こうせんるふ》の仕事を成《な》し遂《と》げてきた。峯子の認める手紙の数《かず》は膨大《ぼうだい》であった。

山西への手紙に、峯子は記《しる》した。

「ニカラグアは、今、最も重要な、そして、大変な、土台づくりの時を迎《むか》えていると思います。どうか、焦《あせ》らず、着実に、堅固《けんご》な土台をつくっていってください。それが、一番、大事《だいじ》なことではないでしょうか。

くれぐれも、お元気《げんき》で、楽《たの》しい活動《かつどう》をなさってください。（中略）

メンバーの要《かなめ》となり、懸命《けんめい》に奔走《ほんそう》される姿に、本当によくなさっていると、敬服《けいふく》しております」（中略）

さらに、手紙には、伸一の激闘《げきとう》の模様《もよう》をはじめ、日本の同志が、どういう思いで活動に取り組んでいるのかも、綴《つづ》られていた。

「世間《せけん》では、不況《ふきょう》がますます深刻《しんこく》になりつつ

あります。学会員の皆《みな》さんは『こういう時こそ、信心している人は違《ちが》うという事実が、はっきりする時だ！』と、一段《いちだん》と元気に、仏法対話に励《はげ》んでおります」

そして、「末筆《まっぴつ》ながら、ご主人様に、よろしくお伝えくださいませ。また、皆様にも、よろしくお伝えくださいませ。御一家《ごいっか》の御健康、御《ご》繁栄《はんえい》を心よりお祈りいたします。会長から、くれぐれも皆様によろしくとのことでございました」と結ばれていた。

山西《やまにし》は、この手紙を涙《なみだ》で読んだ。

〝先生と奥様は、私たちのことも、みんな知ってくださっている。日本から遠く離《はな》れたニカラグアも、先生のお心のなかにある。先生も、奥様も、いつも、見守ってくださっている。頑張《がんば》ろう。頑張り抜こう〟

その手紙が、山西の心を燃《も》え上《あ》がらせた。

生命《いのち》の言葉は、人の魂《たましい》を触発《しょくはつ》する。

（「**潮流**《ちょうりゅう》」の章、186～188㌻）

「波濤《はとう》」の章　信頼《しんらい》の絆《きずな》でつくる人間組織

〈9月、女子部の人材育成グループ「青春会」の結成式が行われた。山本伸一《やまもとしんいち》は、参加者の質問に答え、未来を託《たく》す思いで、渾身《こんしん》の力《ちから》をふりしぼるように指導する〉

質問は、さらに何問か続いた。いずれも、組織をどう発展《はってん》させるかなど、広宣流布《こうせんるふ》への一途《いちず》な思いを感じさせる質問であった。

伸一は、未来への希望と力《ちから》を感じた。

彼は、皆《みな》の質問に答えて、組織としての運動の進め方などについて述べたあと、最後に、魂《たましい》を打《う》ち込《こ》むように訴《うった》えた。

「組織といっても、人間関係です。あなたたちが、自分の組織で、一人《ひとり》ひとりと、つながっていくんです。単に組織のリーダーと部員というだけの関係では弱い。周りの人たちが、姉のように慕《した》ってくるようになってこそ、本当の人間組織です。

組織を強くするということは、一人ひとりとの、信頼《しんらい》の絆《きずな》をつくっていく戦いです。あなたたちが皆から、〝あの人に励《はげ》まされ、私は困難《こんなん》を克服《こくふく》した〟〝あの人に勇気をもらった〟と言われる存在《そんざい》になることです。

私も、そうしてきました。全学会員とつながるために、常に必死に努力しています。

なんらかのかたちで、激励《げきれい》する同志は、毎日、何百人、何千人です。この絆があるから、学会は強いんです。

その人間と人間の結合がなくなれば、烏合《うごう》の衆《しゅう》になる。学会は、滅《ほろ》びていきます。この点だけは、絶対に忘《わす》れないでほしい」

皆、真剣《しんけん》な顔で、瞳《ひとみ》を輝《かがや》かせていた。

伸一は、笑《え》みを浮《う》かべた。

「では、みんなで写真を撮《と》ろう。これは、大事な、誓《ちか》いの証明写真だ」

伸一《しんいち》は、メンバーを前に並《なら》ばせ、自分は、後《こう》列《れつ》に立った。フラッシュが光り、シャッター音が響《ひび》いた。

写真撮影《さつえい》が終わると、彼は、皆《みな》に視線《しせん》を注《そそ》ぎながら言った。

「もし、ほかの人が誰《だれ》もいなくなっても、このメンバーが残ればいいよ。私がまた、一千万にするから。一緒《いっしょ》にやろう。みんな、何があっても、退転《たいてん》だけはしてはいけないよ」

さらに、伸一は、「青春会」の結成を記念し、皆が署名《しょめい》した色紙《しきし》に、こう認《したた》めた。

「その名《な》も　芳《かんば》し　青春会
次《つぎ》の学会の核《かく》たれ　桜花《おうか》たれ」

この日、二十一世紀《せいき》の新《あら》しき創価《そうか》の女性運動《じょせいうんどう》の流《なが》れを開く、人材《じんざい》の核《かく》がつくられたのである。

新世紀建設《けんせつ》の布石《ふせき》がなされたのだ。

（「波濤《はとう》」の章、299～301ページ）

「命宝《みょうほう》」の章　「励《はげ》まし」は創価の生命線

〈11月、山本伸一《やまもとしんいち》は広島を訪問《ほうもん》。当初予定のなかった呉《くれ》を訪《おとず》れ、勤行会を行う。広島市への帰途《きと》も、車中から激励《げきれい》が続く〉

伸一は、中国方面《ちゅうごくほうめん》の幹部に言った。（中略）

「目に見えないところにまで心《こころ》を配《くば》り、陰《かげ》で頑張《がんば》っている人、さらに、その陰の陰で黙々《もくもく》と戦《たたか》っている人を探《さが》し出《だ》し、一人《ひとり》ひとり、全力《ぜんりょく》で激励《げきれい》していくんです。

幹部《かんぶ》がそれを忘《わす》れたら、創価学会《そうかがっかい》ではなくなってしまう。冷酷《れいこく》な官僚主義《かんりょうしゅぎ》だ。学会は、どこまでも、真《しん》の人間《にんげん》主義でいくんです」

伸一が、車《くるま》に乗《の》り込《こ》んだのは、午後《ごご》六時前であった。（中略）

途中、生花店《せいかてん》の前に、十人ほどの人たちが、人待ち顔《がお》で道路の方《ほう》を見て立っていた。婦人や壮年に交《ま》じって、女子中学生や女子高校生もいた。

伸一は、運転手に言った。

「〝うちの人〟たちだよ。ちょっと、車を止《と》めてくれないか」

呉会館の勤行会に、間に合わなかったために、「せめて、ここで、山本会長をお見送りしよう」と、待っていた人たちであった。

そこに黒塗《くろぬ》りの乗用車が止まった。窓《まど》が開《あ》き、伸一の笑顔がのぞいた。歓声《かんせい》があがった。

女子中学生の一人《ひとり》が、抱《かか》えていたユリやバラなどの花束《はなたば》を差し出した。伸一に渡《わた》そうと、用意していたのだ。

「ありがとう！　皆《みな》さんの真心は忘《わす》れません。また、お会いしましょう」

伸一は、こう言って、花束を受け取った。

――それから間もなく、そこにいた人たちに、伸一から菓子《かし》が届《とど》いた。

また、しばらく行くと、バスの停留所《ていりゅうじょ》に、何

人かの婦人たちがいた。はた目には、ただ、バスを待っている人にしか見えなかった。

「今、バス停に、〝うちの人〟が五人いたね。念珠《ねんじゅ》と袱紗《ふくさ》を贈《おく》ってあげて」

伸一《しんいち》の指示を無線で聞いた後続車両《こうぞくしゃりょう》の同行幹《どうこうかん》部《ぶ》が、念珠などを持って停留所《ていりゅうじょ》に駆《か》けつけると、確かに五人の婦人たちは、皆《みな》、学会員であった。同行幹部の驚《おどろ》きは大きかった。

学会員は、皆が尊《とうと》き仏子《ぶっし》である。皆が地涌《じゆ》の菩薩《ぼさつ》である。その人を、讃《たた》え、守り、励《はげ》ますなかに、広宣流布《こうせんるふ》の聖業《せいぎょう》の成就《じょうじゅ》がある。

ゆえに、伸一は、大切な会員を一人《ひとり》として見過ごすことなく、「励まし」の光を注《そそ》ごうと、全生命《ぜんせいめい》を燃《も》やし尽《つ》くした。だから、彼には、瞬《しゅん》時《じ》に、学会員がわかったのである。

「励まし」は、創価の生命線である。

彼は、その会員厳護《げんご》の精神を、断じて全幹部に伝《つた》え抜《ぬ》こうと、決意していたのである。

（「命宝《みょうほう》」の章、400〜402ページ）

第22巻

御書編

広布の大誓願《だいせいがん》に生《い》き抜《ぬ》け

御文

諸法実相抄《しょほうじっそうしょう》　御書1360ジペー

日蓮と同意《どうい》ならば地涌《じゆ》の菩薩《ぼさつ》たらんか

通解

日蓮と同意であるならば、地涌《じゆ》の菩薩《ぼさつ》であることは間違《まちが》いないであろう。

小説の場面から

〈人材育成グループ「五年会」の第3回総会で、山本伸一《やまもとしんいち》は、師弟について語る〉

「日蓮大聖人《にちれんだいしょうにん》と『同意』であることが、信心の根本《こんぽん》です。その大聖人の御心《おこころ》のままに、広宣流布《こうせんるふ》の大誓願《だいせいがん》に生き抜《いぬ》いたのが、牧口《まきぐち》先生、戸田《とだ》先生に始まる創価の師弟です。

ゆえに、創価の師弟《してい》の道を貫《つらぬ》くなかに、大聖人と『同意』の実践《じっせん》があります。具体的《ぐたいてき》な生き方でいえば、自分の心の中心に、常《つね》に厳《げん》として師匠《ししょう》がいるかどうかです」（中略）

初代会長の牧口常三郎《つねさぶろう》も、第二代会長の戸田城聖《じょうせい》も、国家神道《こっかしんとう》を精神の支柱《しちゅう》にして戦争を遂行《すいこう》しようとする、軍部政府の弾圧《だんあつ》によって投獄《とうごく》された。（中略）

戸田は、日蓮大聖人の御金言通《ごきんげんどお》りに、広宣流布のために戦う牧口に、勇《いさ》んで随順《ずいじゅん》したのだ。そこに、「日蓮と同意」という御聖訓《ごせいくん》に則《のっと》った、現代における実践がある。（中略）

戸田は、牧口という師と同じ心、同じ決意に立つことによって、地涌《じゆ》の菩薩《ぼさつ》としての使命を自覚することができたのだ。

伸一は、この牧口と戸田の師弟の絆《きずな》について触《ふ》れ、若《わか》い魂《たましい》に呼《よ》びかけた。

「私は、その戸田先生に仕《つか》え、お守《まも》りし、共《とも》に広宣流布に戦うなかで、自分の地涌の菩薩の使命を知りました。創価学会を貫《つらぬ》く信仰《しんこう》の生命線は、この師弟にあります。

どうか諸君《しょくん》も、生涯《しょうがい》、師弟の道を貫き、この世に生まれた自身の崇高《すうこう》な使命を知り、堂々《どうどう》たる師子《しし》の人生を歩《あゆ》み抜《ぬ》いていただきたいのであります」

（「波濤《はとう》」の章、202～204ページ）

創価学会は個人のなかに

御文

四《し》条《じょう》金《きん》吾《ご》殿《どの》御《ご》返《へん》事《じ》　御書1121㌻

百《ひゃく》草《そう》を抹《す》りて一《いち》丸《がん》乃《ない》至《し》百丸となせり一丸も百丸も共《とも》に病《やまい》を治《ち》する事《こと》これをなじ

通解

百の薬草《やくそう》をすって一丸《いちがん》あるいは百丸の薬《くすり》とする。一丸も百丸も共《とも》に病《やまい》を治《なお》すことは同じである。

小説の場面から

〈1975年（昭和50年）11月9日、山本伸一《やまもとしんいち》は、広島で開催《かいさい》された第38回本部総会で講演。広布の使《し》命《めい》と自覚について語る〉

「皆《みな》さん方《がた》、一人《ひとり》ひとりが、創価学会そのものです。それ以外には、創価学会の実体《じったい》はありえないと確信していただきたい。

また、一人ひとりに、それだけの、尊《とうと》い使命と資《し》格《かく》があると説《と》いているのが、日蓮大聖人《にちれんだいしょうにん》の仏法であります」

自分自身が創価学会なのだ。そして、自分の周《まわ》りの同志との絆《きずな》が、自分のブロックが、創価学会なのだ。ゆえに、自身が成長し、友のため、社会のために尽《つ》くし、貢献《こうけん》した分《ぶん》だけが、広宣流布《こうせんるふ》の前進となるのである。

自分が立ち上がり、勝っていく以外に、学会の勝利はない。

社会の組織《そしき》は、集団《しゅうだん》のなかに埋没《まいぼつ》するようにして個人がいる。しかし、学会は、それぞれの個性の開《かい》花《か》をめざす、異体同心《いたいどうしん》という人間主義の組織である。その組織の目的は、広宣流布の推進《すいしん》にある。それは、生命の哲理《てつり》を人びとの胸中《きょうちゅう》に打ち立て、人間の尊厳《そんげん》を守り、輝《かがや》かせていく聖業《せいぎょう》なのだ。

私たちは、組織のなかの個人というだけでなく、自身の規範《きはん》、誇《ほこ》り、勇気の源泉《げんせん》として、それぞれの心の中に、創価学会をもっている。

つまり、個人のなかに創価学会があり、その自覚が、各人の心中深《しんちゅうふか》く根《ね》を張《は》っていることに、学会の強さがあるのだ。

（「命宝《みょうほう》」の章、362～363㌻）

私の読後感　識者が語る

中国新聞社 代表取締役社長
岡畠 鉄也氏

小説は〝ヒロシマ〟へのエール

核《かく》戦争などによる人類の滅亡《めつぼう》までの時間を象徴的《しょうちょうてき》に表す「終末時《しゅうまつ》計」が1月（＝２０２０年）、過去最悪の100秒となりました。終戦から75年がたちましたが、人類の存続《そんぞく》が危《あや》ぶまれる状況《じょうきょう》は深刻《しんこく》さを増しています。今こそ、池田ＳＧＩ会長が小説『新・人間革命』に記《しる》された平和思想を改めて学ぶ必要があると感じます。

第22巻「命宝《みょうほう》」の章には、山本《やまもと》伸一《しんいち》が広島の原爆死没者慰霊碑《げんばくしぼつしゃいれいひ》を訪《おとず》れる場面があります。慰霊碑の碑文《ひぶん》にある「過《あやま》ちは繰返《くりかえ》しませぬから」という言葉の主語は誰《だれ》かということが当時、大きな論争《ろんそう》になったことが記されています。

伸一は、この碑文を、核戦争という過ちを二度と起こさない人類の誓《ちか》いと捉《とら》えています。「世界の恒《こう》久《きゅう》平和を創造《そうぞう》していくには、被害《ひがい》者《しゃ》・加害者という分断《ぶんだん》的な発想を転換《てんかん》し、地球上のすべての人が、同じ人類、世界市民としての責任を自覚することが必要」との言葉は、「ヒロシマの心」に通じます。

被害者・加害者の立場では分断を生みます。憎《にく》しみを募《つの》らせても悪魔《あくま》の兵器はなくなりません。核《かく》抑止論《よくしろん》は、分断の壁《かべ》が現実にならないことを前提《ぜんてい》としたものです。その壁を打ち破るというのが伸一の考えです。

そうした志《こころざし》を抱《いだ》く人が増えれば、

世の中は変わっていきます。だからこそ、核廃絶《かくはいぜつ》において、一人《ひとり》一人の変革《へんかく》が重要になってきます。この人間の変革を促《うなが》す『新・人間革命』はヒロシマ、そして全人類に対するエールでもあります。

池田SGI会長は小説を執筆《しっぴつ》されながら、これまで弊紙《へいし》に何度も寄稿《きこう》してくださっています。一文字一文字から会長のほとばしる平和への情熱《じょうねつ》を感じます。それは、会長ご自身が、世界の識者との対談を通して、ご自身の内面を磨《みが》かれてきたからでしょう。その熱量で原稿《げんこう》を書かれているからこそ、人々の心を打つのです。

被爆者の平均年齢《ねんれい》は、83歳を超《こ》えました。いずれ被爆者という証人がいなくなる時が必ずきます。被爆者に代わって、広島市民が、日本国民が、さらには全人類が被爆の実相《じっそう》を後世に伝える使命《しめい》があります。

池田会長が〝平和への闘争心《とうそうしん》〟を磨いてこられたように、学会の青年部の皆さんは、いま一度、被爆者の言葉に耳を傾《かたむ》け、〝自分のもの〟にする努力を重ねてほしいと思います。弊社も被爆地の新聞社として、これからも地域に根差し、核兵器廃絶を訴《うった》え続けてまいります。

池田先生が、原爆の投下目標にされた広島市の相生橋《あいおいばし》に立つ（1985年10月）。川沿いに原爆ドームが見える

おかはた・てつや
１９５６年生まれ。広島県出身。79年、早稲田大学卒、中国新聞社入社。２０１２年取締役。17年中国放送社長。19年から現職。

ここにフォーカス

「いよいよ」の心意気で

20世紀を代表する歴史学者トインビー博士は、1967年（昭和42年）11月、実業家《じつぎょうか》の松下幸之助《まつしたこうのすけ》氏と対談した折、「これからの日本にとって一番大切な人は誰《だれ》か」と尋《たず》ねます。この問いに、松下氏は池田先生の名を挙《あ》げました。

氏が先生と初めて会ったのは、その1カ月前の67年10月に行われた東京文化祭。役員の対応、一糸乱《いっしみだ》れぬ演技とともに、氏の胸を打ったのは、先生の心遣《こころづか》いでした。

多くの来賓《らいひん》の対応で多忙《たぼう》な中、先生は担当者《たんとうしゃ》を氏のもとに向かわせ、「なにか不都合《ふつごう》はありませんか」等と伺《うかが》います。この対応に、氏は「なんでもないことのようだが、（中略）そこまで心をくばっておられることに私は驚《おどろ》いた」と振り返っています。

「新世紀」の章に、「人との出会いは『一期一会《いちごいちえ》』」「渉外《しょうがい》は、誠実をもってする真剣勝負」とあります。この伸一《しんいち》の信念が、氏の心に感動を呼《よ》び起《お》こしたのです。

88年（同63年）1月、還暦《かんれき》（60歳）を迎《むか》えた伸一に、氏は「本日を機に、いよいよ真のご活躍《かつやく》をお始めになられる時機到来《じきとうらい》とお考えになって頂《いただ》き、もうひとつ『創価学会』をお作りになられる位《くらい》の心意気《こころいき》で」と祝詞《しゅくし》を贈りました。

2020年の10月2日は、池田先生の海外初訪問から60周年の佳節《かせつ》。私たちも「いよいよ」との決意で世界平和を誓い、祈り、わが地域から新たな歴史の一歩を刻《きざ》みましょう。

第22巻

解説編

紙上講座

池田博正　主任副会長

動画で見る
セイキョウムービー（4分53秒）

ポイント

① "ヒロシマ"の心
② 師弟《してい》の生命《せいめい》の共鳴《きょうめい》
③ 学会の社会的役割

広島の被爆《ひばく》から75年となった今月（＝2020年8月）6日、聖教新聞（10面）に、平和のためのヒロシマ通訳者《つうやくしゃ》グループ・小倉桂子代表のインタビューが掲載《けいさい》されました。

8歳で被爆《ひばく》した小倉さんが、原爆の時に感じた不安・恐怖《きょうふ》を、その後、2度経験されたというのが印象的でした。一つは2011年3月の福島原発事故、もう一つは今回のコロナ禍《か》です。

小倉さんは、平和のために闘《たたか》う「ヒロシマの心」は、核兵器廃絶《かくへいきはいぜつ》の精神だけでなく、「私たちの生存《せいぞん》を脅《おびや》かす、あらゆる『敵』と闘う強い心」であるとし、新しい一歩を踏《ふ》み出すことを訴《うった》えます。

私たちが、小説『新・人間革命』を学ぶ意義の一つも、75年前の戦争の史実《しじつ》を風化《ふうか》させずに、"平和の心"を継承《けいしょう》し、新しい時代を開くことにあります。

さて、第22巻は、終戦・被爆から30年となる1975年（昭和50年）が舞台《ぶたい》です。21世紀を「**『平和の世紀』『人間の世紀』『勝利の世紀』『栄光の世紀』、そして『戦争なき世紀』『生命の世紀』**」（7ページ）とするために、山本伸一《やまもとしんいち》は米ハワイや広島などで、激励行《げきれいこう》を重ねていきました。

とりわけ、広島での本部総会に向け、伸一《しんいち》は果敢《かかん》な平和行動を展開《てんかい》しました。1年半の間で、3度の訪中、2度の訪ソを実現し、平和・文化・教育の「友好の橋」を架《か》けたのです。さらに同年（＝1975年）1月26日には、SGI（創価学会インタナショナル）が結成《けっせい》されました。

11月、広島を訪問した伸一は、現地の青年部に真情《しんじょう》を語ります。**「私は、平和への闘争《とうそう》なくして、広島を訪《たず》ねることはできないと思っています。それが戸田《とだ》先生に対する弟子の誓いなんです」**（342ジペ）

こう語る背景《はいけい》には、広島指導を目前に倒《たお》れた第2代会長・戸田先生の、壮絶《そうぜつ》な闘争がありました。

57年（同32年）9月8日、戸田先生は、歴史的な「原水爆禁止宣言《げんすいばくきんしせんげん》」を発表。同年11月、広島平和記念館（当時）で行われる大会に出席し、平和への新たな潮流《ちょうりゅう》を起こそうとされました。

しかし、体の衰弱《すいじゃく》は激《はげ》しく、広島への出発の朝、倒れてしまいます。その恩師の闘争を知る伸一にとって、平和への戦いなくして、広島の地を踏《ふ》むことはできなかったのです。

「潮流」の章に、**『ヒロシマの心』とは『平和の心』であり、それは『創価の心』だ。だから、私たちには、世界平和への波を起こしていく使命《しめい》がある」**（135ジペ）と記されています。広島に原爆が投下された8月6日を、池田先生が小説『新・人間革命』の起稿《きこう》・脱稿《だっこう》の日とされたのも、恩師の平和への熱願《ねつがん》を継承するとの弟子の誓いであり、その誓いを若い世代に託《たく》し、未来に伝え残すためではないでしょうか。

世界の識者が池田先生を称賛《しょうさん》するのは、〝平和の行動〟の先駆者《せんくしゃ》だからです。**「平和のために、何をするのか——その具体的な行動こそが、肝要《かんよう》」**（345ジペ）です。平和の道は、どこか遠くにあるわけではありません。自身の地域・職場で、**「友情を結び合ってい**

くなかに、激動《げきどう》する世界に平和の火を点《てん》ずる道があ る」（42㌻）のです。

「会長に聞く」の意義《いぎ》

今月（＝2020年8月）は、池田先生が戸田《とだ》先生と運命的な出会いを結んでから73年。池田先生は、恩師を宣《せん》揚《よう》し続けられました。

弟子が師匠を宣揚するのは、**「運動の原点を明らかにすること」**（24㌻）です。**「師の教え、生き方のなかに、自分たちの運動の目的が示されている」**（同）からです。いかなる時も、師匠という原点に立ち返った時、進むべき正しい道が明確になっていきます。

伸一《しんいち》は、文豪《ぶんごう》・井上靖《やすし》氏に、恩師への思いを吐露《とろ》します。

「私の心の中には、いつも戸田城聖《じょうせい》という人格がありました。それは生きつづけ、時に黙《もく》して見守りながら、時に無言の声を発するのです。生命と生命の共鳴《きょうめい》というのでしょうか」（52㌻）

それに対し、氏は、師弟の絆《きずな》が〝会う〟〝会わない〟を超えた**「運命的なもの」**（53㌻）であると讃嘆《さんたん》しました。

法華経には「在在《いたるところ》の諸仏《しょぶつ》の土に　常《つね》に師と倶《とも》に生《しょう》ず」（法華経三一七㌻）――つまり、仏法の師弟は三世《さんぜ》永遠《えいえん》の絆で結ばれていると説かれます。師弟は「一体」なのです。大切なのは、弟子が心の中に師をいだき、師と共に戦おうとする求道心です。

戸田先生とお会いしたことがない青年たちが、〝戸田先生について教えてもらいたい〟と伸一に要望した時、**「戸田先生の指導は、ほとんど本に収録《しゅうろく》されているし、私もこれまで、先生のことは、みんなに話してきた」「今度は、みんなで先生の指導について思《し》索《さく》し、君たちにとって〝戸田先生とは〟また〝学会の師弟とは何か〟を考えていくんだよ」**（25㌻）と、大いに語り合うことを望んだのです。

池田先生の第3代会長就任《しゅうにん》60周年の本年、いやまして、池田門下が師に学び、師を語る時です。現在、「青年部が原田会長に聞く」が聖教新聞で連載《れんさい》され、後継《こうけい》の青年が主体的に師匠について学ぶ一助《いちじょ》にもなっています。積極的に読みながら、創価の魂《たましい》を継承していきたいと思います。

「世界青年部総会」へ

「命宝《みょうほう》」の章では、**「激動《げきどう》する社会のなかで、時代を正常な軌道《きどう》へと引き戻していく力《ちから》、生命のバイタリティーを、民衆一人ひとりの心田《しんでん》に植《う》え付《つ》けていく」**（361ページ）ことが、宗教の根本的な使命であると強調されています。

感染症《かんせんしょう》や異常気象《いじょうきしょう》等、不安が覆《おお》う中で、社会を〝正常な軌道〟へと導《みちび》いていく役割《やくわり》が創価学会にはあるのです。

目の前の課題から逃《に》げたくなることもあるでしょう。しかし、**「社会のかかえる大テーマを、自らの課題ととらえ、仏法者の立場から、解決のための挑戦と努力を開始していくところに、日蓮仏法の精神がある」**（160ページ）とある通り、困難《こんなん》に挑《いど》み続けていくところに、希望の未来が開かれます。

青年部は、２０２０年の10・２「世界平和の日」60周年の佳節《かせつ》を「世界最大の青年の連帯」で荘厳《そうごん》しようと、「世界青年部総会」をオンラインで行います。コロナ禍《か》にあって、一人一人がさまざまな状況を抱《かか》えながらも、友情を広げています。

「波濤《はとう》」の章では、**「社会が創価学会の真価をわかるまでには、二百年かかるだろう。学会は歴史上、かつてない団体だから、誰《だれ》も、その本当のすばらしさがわからないのだ」**（272ページ）との戸田《とだ》先生の言葉が紹介されています。歴史的な師弟誓願の会座《えざ》「世界青年部総会」は、学会創立１００周年、さらには創立２００周年に向かう世界広布の新たな歴史を開く第一歩となると確信します。

後継の青年に励ましを送りながら、わが地域に大いなる青年の連帯を築いてまいろうではありませんか。

名言集

「自律《じりつ》」と「自立《じりつ》」

師弟とは、形式ではない。常《つね》に心に師があってこそ、本当の師弟である。心に師がいてこそ、人間としての「自律《じりつ》」があり、また、真の「自立《じりつ》」があるのだ。

（「新世紀」の章、13ページ）

原点に返る

行き詰《づ》まったら原点に返ることだ。唱題《しょうだい》から出発するのだ。妙法は宇宙の根源《こんげん》の法なるがゆえに、妙法への祈りこそ、一切を動かす原動力となるのだ。

（「潮流《ちょうりゅう》」の章、119ページ）

“良き市民”に

SGIの精神とは、一人《ひとり》ひとりが、その国や地域《ちいき》の“良き市民”となることだ。“良心”となることだ。社会の繁栄《はんえい》と平和と、人びとの幸福を築く原動力となることだ。

（「潮流」の章、174ページ）

人材を見つける

人材を見つけようとすることは、人の長所を見抜《みぬ》く力《ちから》を磨《みが》くことだ。それには、自身の慢心《まんしん》を打ち破り、万人《ばんにん》から学ぼうとする、謙虚《けんきょ》な心がなければならない。まさに、人間革命の戦いであるといってよい。

（「波濤《はとう》」の章、284ページ）

“精神”の戦い

創価学会の社会的役割《やくわり》、使命は、暴力《ぼうりょく》や権力《けんりょく》、金力《きんりょく》などの外的拘束力《がいてきこうそくりょく》をもって人間の尊厳《そんげん》を冒《おか》し続ける“力《ちから》”に対する、内なる生命の深みより発する“精神”の戦いである。

（「命宝《みょうほう》」の章、361ページ）

平和記念公園の慰霊碑に献花する池田先生（1975年11月、広島で）

広島の原爆ドーム（1985年10月、池田先生撮影）。長編詩「平和のドーム　凱旋の歌声」で、先生は詠んだ。「広島を／忘れるな！／ヒロシマを／忘れるな！」「平和を願う人間の心／民衆の心はひとつだ／それは『ヒロシマの心』だ」

『新・人間革命』

第23巻

「聖教新聞」連載

(2009年11月18日付〜2010年8月4日付)

第23巻

基礎資料編

各章のあらすじ

物語の時期

1976年（昭和51年）1月～8月30日

「未来」の章

１９７６年（昭和51年）４月16日、札幌《さっぽろ》創価《そうか》幼稚園《ようちえん》が開園。創立者の山本伸一《やまもとしんいち》は、入園式に出席し、自《みずか》ら園児たちを出迎《でむか》える。式の前日にも幼稚園の教職員と懇談《こんだん》し、「仲良く、団結して、最高の人間教育の城《しろ》をつくってください」などと励《はげ》ます。

式典で伸一は、園児たちを生《しょう》涯《がい》、見守り続けていこうとの思いから、最後列に座《すわ》る。引き続いて、記念撮影《きねんさつえい》と記念植樹《しょくじゅ》に参加。さらに、園児をバスで送り、通園状況《じょうきょう》を確認《かくにん》する。翌《よく》17日も、幼稚園の各保育室を回り、園児たちと心の絆《きずな》を結ぶ。

その後も伸一は、多忙《たぼう》なスケジュールの中、折にふれて幼稚園を訪問《ほうもん》。入園式や卒園式には、園児たちに思いを馳《は》せながら、メッセージを書き贈《おく》った。教員たちも幼稚園のモットー「つよく　ただしく　のびのびと」を実現するために懸命《けんめい》に奮闘《ふんとう》する。伸一と教職員の情熱《じょうねつ》に育《はぐく》まれ、園児たちは伸《の》び伸びと成長し、「未来」へ羽《は》ばたいていく。

札幌創価幼稚園に続いて、香《ホン》港《コン》、シンガポール、マレーシア、ブラジル、韓国にも幼稚園が開園する。各国・各地域で創価の人間教育は、高い評価を得《え》ていくことになる。

創価大学に通信教育部が開設され、1976年（昭和51年）5月16日に開学式が行われる。山本伸一《やまもとしんいち》はメッセージを贈《おく》り、通信教育とは〝信《しん》〟を〝通《かよ》〟わせ合う教育であり、「第一期生の皆《みな》さんこそ、通信教育部の創立者」と訴《うった》える。

通信教育部は、伸一が、創価大学の設立を構想した当初からの念願であり、民衆《みんしゅう》教育の眼目《がんもく》であった。開設準備に当たる教職員は意《い》見交換《けんこうかん》を重ね、各都道府県に、通教生の相談にのり、アドバイスする「指導員」を置くことを決定。また、伸一は、通信教育部の機関《きかん》誌《し》を「学光《がっこう》」と命名。それは〝学の光で人生、社会を照《て》らしゆく〟

「学光《がっこう》」の章

との指針《ししん》となった。

8月15日からは創大通教初の夏期スクーリングが開始となり、伸一も大学を訪《おとず》れ、通教生を激励《げきれい》。秋期スクーリングでも、懇談《こんだん》や記《き》念撮影《ねんさつえい》を行う。また、11月の「創大祭」では通教生の展示《てんじ》が好評を博《はく》す。

通教生たちは伸一の心に応えようと、苦闘《くとう》を重ねながら勉学に励《はげ》み、80年（同55年）3月、通教から初の卒業生が巣立つ。その後、医学・工学の博士、公認会計士《こうにんかいけいし》、教員をはじめ、社会に貢献《こうけん》する人材が数多く育っていく。

１９７６年（昭和51年）５月16日の夜、大学の２部（夜間部）に学ぶ男子学生部員による「勤労《きんろう》学生主張大会」が開催《かいさい》される。前年に、伸一《しんいち》の提案で２部学生の集《つど》い「飛翔会《ひしょうかい》」が結成。メンバーは伸一と同じ青春の道を歩む誇《ほこ》りに燃え、先駆《せんく》の学生部のなかでも一段《いちだん》と輝《かがや》きを放《はな》っていた。

大会の報告を聞いた伸一は、〝広布の重要な局面で猛然《もうぜん》と先駆《せんく》し、大勝利の突破口《とっぱこう》を開くのが「飛翔会」だ〟と期待を寄せる。８月29日に開催された第２回総会では、各方面に「飛翔会」を結成することが提案された。その後も伸一の励《はげ》ましは続いた。

「勇気」の章

伸一は、「７・17」を記念し、全同志の広宣流布への誓《ちか》いを託《たく》した「人間革命の歌」の制作に取り組む。その日は、57年（同32年）に、事実無根《むこん》の容疑《ようぎ》で、大阪府警《ふけい》に不当逮捕《たいほ》された伸一が、釈放《しゃくほう》され、創価の正義の勝利を誓《ちか》い合った日である。

歌詞《かし》は18日午後の本部幹部会で発表。さらに、推敲《すいこう》が重ねられ、同日夜、歌詞・曲ともに完成し、師弟の共戦譜《きょうせんふ》「人間革命の歌」が誕生《たんじょう》したのだ。翌日《よくじつ》の夜には、全国各地の会合で声高らかに歌われ、世界各地の同志へと広がっていく。

１９７６年（昭和51年）７月23日、伸一《しんいち》は名古屋で女子部の人材育成グループ「青春会」を激励《げきれい》。夕刻《ゆうこく》、三重県の中部第一総合研修所へ。歴代会長の精神を学び、継承《けいしょう》するための遺品《いひん》などが展示《てんじ》された記念館をはじめ、研修所内を視察《しさつ》。26日は中部学生部の代表と懇談《こんだん》し、「学生部厚田《あつた》会《かい》」を結成した。

一人《ひとり》ひとりの励《はげ》ましに徹《てっ》する地道な「敢闘《かんとう》」の日々は続く。

８月６日には鹿児島県の九州総合研修所を訪問《ほうもん》。12日には東京に戻《もど》り、３日間にわたる茨城指導へ。

19日から再び九州総合研修所に向かい、20日、人材育成グループ「鳳《ほう》雛会《すうかい》」の結成10周年記念大会に出席する。席上、伸一は、皆《みな》が山本《やまもと》伸一の分身として、師と共に広布に生きることを願い、和歌を贈《おく》る。また、22日には本部幹部会や女子「鳳雛グループ」の大会に出席。23日は、喜《き》界島《かいしま》の草創期《そうそうき》を築いた婦人に最大の励《はげ》ましを送る。

伸一の入信記念日であり、恩師との思い出深き８月24日には、清水《きよみず》、国分《こくぶ》の両総ブロック合同の代表者勤行会へ。翌日《よくじつ》は「伸一会」の集い、さらに神奈川、埼玉の文化祭に出席するなど、同志の激励《げきれい》に力《ちから》を尽《つ》くす。

「敢《かん》闘《とう》」の章

「人間革命の歌」の書

池田先生は「人間革命の歌」の完成を記念し、１番から３番の歌詞《かし》を一《いっ》幅《ぷく》の書に認《したた》めた。

冒頭《ぼうとう》には、「わが広宣流布に勇敢《ゆうかん》に向《むか》いゆく　わが同志《どうし》乃《の》益々《ますます》御健斗《ごけんとう》と無事とを祈りつつ　此《こ》の一詩を全学会乃諸兄諸姉《しょけいしょし》に贈《おく》る」との言葉とともに、歌が完成した「昭和五十一年七月十八日」の日付が揮毫《きごう》されている。

また、結《むす》びには「一千万地涌《じゆ》の同志乃永遠なる栄光の旅路《たびじ》を祈《いの》る　初代　牧口常三郎《つねさぶろう》先生　二代　戸田城聖《じょうせい》先生　三代　池田大作　記す　創価学会本部　会長室にて」と書きとどめられている。

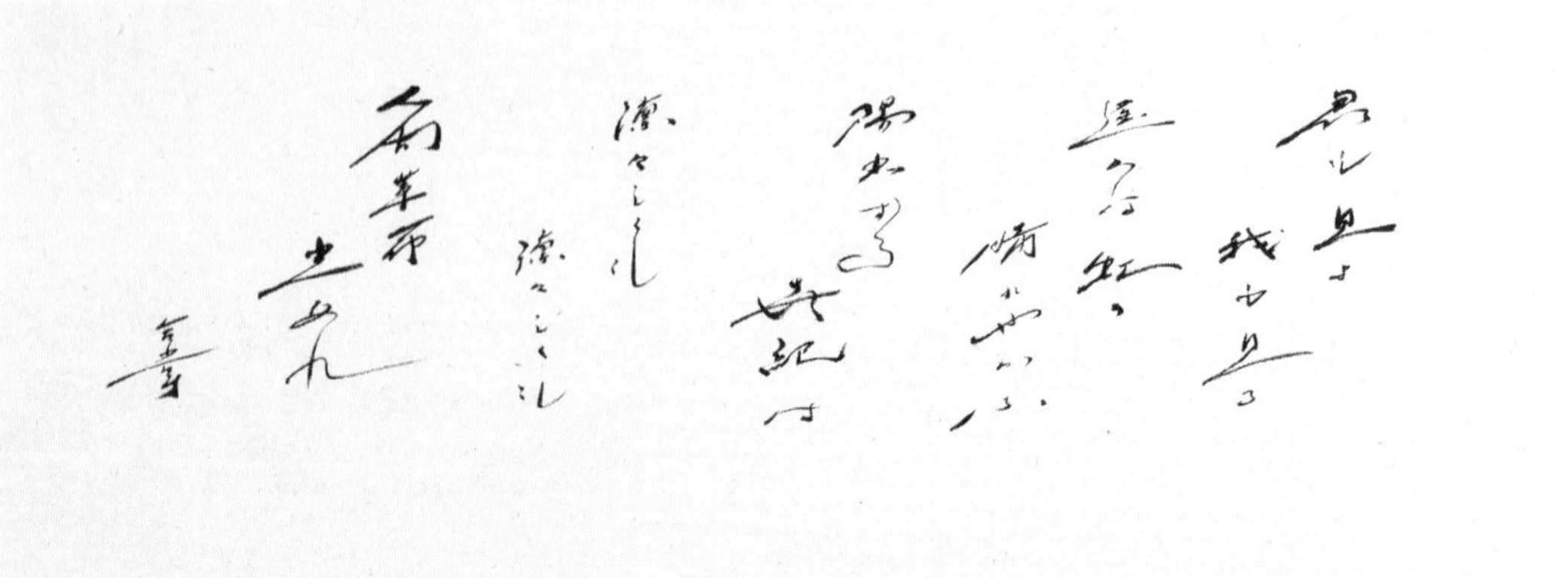

池田先生が「人間革命の歌」の歌詞をしたためた書の一部。３番の歌詞の最後に、「人間革命　光あれ　合掌」と記されている。書全体は幅３メートル30センチに及ぶ

◀スマートフォン等でこちらの画像を読み取ると、「人間革命の歌」の動画を視聴できます

世界に広がる創価幼稚園

札幌

せんせいだ！——池田先生の訪問に笑顔があふれる札幌創価幼稚園の園児（1976年10月）

香港

香港創価幼稚園を初訪問。「みんな、偉い人にね」と（1993年5月）

シンガポール

シンガポール創価幼稚園を訪れ、真心のピアノを奏でる（1995年11月）

マレーシア

両手を大きく広げ、園児たちにエールを送る（2000年12月、マレーシア創価幼稚園で）

ブラジル

ブラジル創価学園「幼稚園の部」の園児らが笑顔で（2010年12月、サンパウロ市内で）

韓国

日本からの訪問団を歓迎する韓国の幸福幼稚園の園児たち（2016年3月、ソウル市内で）

1976年 創価大学 通信教育部がスタート

創価大学通信教育部の開学式（1976年5月、創大で）

創価大学通信教育部の第1回夏期スクーリングで、通教生に励ましを送る池田先生（1976年8月）

第23巻

名場面編

「未来」の章　創立者《そうりつしゃ》の思い胸《むね》に病《やまい》を克服《こくふく》

〈1992年（平成4年）、香港創価幼稚園《ホンコンそうかようちえん》が開園した。園長の黄瑞玉《こうずいぎょく》は、毎日、玄関《げんかん》で子どもたちを、笑顔で迎《むか》え、見送ってきた〉

開園から六年ほどしたころ、その黄園長の姿《すがた》が消えた。癌《がん》が発見されたのである。

彼女《かのじょ》には、深《ふか》く胸《むね》に刻《きざ》まれた、魂《たましい》ともいうべき言葉があった。それは、職員室の壁《かべ》に掲《かか》げられた「香港幼稚園は　私の生命也《いのちなり》」という、山本伸一《やまもとしんいち》が認《したた》めた、あの言葉であった。

黄園長は、癌の摘出手術《てきしゅつしゅじゅつ》を受けるために入院《にゅういん》した。創立者《そうりつしゃ》の生命である幼稚園と園児《えんじ》たちから離《はな》れることが、辛《つら》くて、悔《くや》しくて仕方《しかた》なかった。病魔《びょうま》に蝕《むしば》まれた自分《じぶん》が、情《なさ》けなく、不甲斐《ふがい》なかった。病院《びょういん》のベッドで園児たちを思《おも》い浮《う》かべては、涙《なみだ》に暮《く》れた。

彼女には、癌の手術後も、苦《くる》しい治療《ちりょう》の日々《ひび》が続《つづ》いていた。

医師《いし》は言った。

「苦痛《くつう》に耐《た》え、打《う》ち勝《か》っていくためには、何か、楽《たの》しいことを考《かんが》えることです」

――彼女は、健康《けんこう》を回復《かいふく》し、微笑《ほほえ》みながら、登園《とうえん》してくる子どもたちを迎《むか》える、自分の姿《すがた》を思い浮かべた。すると、それだけで、幸せな気分になれた。

さらに、創立者の山本伸一と一緒《いっしょ》に、幼稚園の玄関に立つ自分を想像した。希望の光が、全身に降《ふ》り注《そそ》ぐ思いがした。

〝園児たちが、山本先生が、私を、待っていてくれる。私は、山本先生に代わって、園児たちに生涯《しょうがい》を捧《ささ》げるのだ。絶対に負けるものか！　病《やまい》を克服《こくふく》して、また、幼稚園の玄関で、子どもたちを出迎え、見送ろう！〟（中略）

やがて、黄園長は病を乗《の》り越《こ》え、再び、幼稚園の玄関に立った。

彼女《かのじょ》は、毎日、伸一《しんいち》と一緒《いっしょ》に出迎《でむか》え、見送っているつもりで、園児《えんじ》たちに向かって、笑《え》みの花を贈《おく》る。

二〇〇〇年（平成十二年）十二月、香港《ホンコン》を訪《ほう》問《もん》した伸一は、卒園生の第一期から第三期の代表と再会し、記念《きねん》のカメラに納《おさ》まった。

「お会いできて嬉《うれ》しい。皆《みな》さんは、私の誇《ほこ》りです。宝《たから》です」

第一期生は、既《すで》に中学二年生になっていた。伸一は、成長した皆の姿に目を見張った。未来へ伸《の》びゆく姿に、深い感慨《かんがい》を覚えた。

代表が、伸一に花束を贈った。

「ありがとう。大きくなったね。立派《りっぱ》に成長したね……」

創立者《そうりつしゃ》と卒園生の語らいを見る黄《こう》園長の頬《ほお》に、涙《なみだ》が光っていた。それは、子どもたちへの情愛《じょうあい》と、生きる喜びの結晶《けっしょう》でもあった。

（「未来」の章、82～84ページ）

「学光《がっこう》」の章　学び抜《ぬ》く人生に勝利の輝《かがや》き

〈1980年（昭和55年）3月、創価《そうか》大学の通《つう》信教育部《しんきょういくぶ》は、初めての卒業生を送り出すことに。そのなかに、3人の娘《むすめ》の母である今井翔子《いまいしょうこ》という女性がいた。彼女《かのじょ》は中学生の時に、事故で耳が不自由になり、大学進学を断念したが、向学《こうがく》の情熱《じょうねつ》を燃やしてきた〉

創価大学の通信教育部が開設されることを知った。

〝通教で学問を身《み》につけよう。娘たちが誇《ほこ》りに思える母親になりたい！〟

子どもへの最高の教育とは、親が生き方の手《て》本《ほん》を見せることである。

創大通教に入学した彼女は、育児と家事の傍《かたわ》ら、懸命《けんめい》に勉学に励《はげ》んだ。

しかし、あの事故に遭《あ》った時から、頭痛《ずつう》や耳《みみ》鳴《な》りが続いており、三十分も机《つくえ》に向かっていると、吐《は》き気《け》もしてくるのだ。それでも、身を横たえながら勉強を続けた。（中略）

自分には無理なのではないかと考えることもあった。そんな時、いつも瞼《まぶた》に浮《う》かぶのは、最初の夏期スクーリングの時に授業を見に来てくれた、創立者の山本伸一《やまもとしんいち》の姿《すがた》であった。

〝お忙《いそが》しい先生が、わざわざ私たちの教室に足を運ばれ、額《ひたい》に汗《あせ》をにじませ、生命《いのち》を振《ふ》り絞《しぼ》るようにして激励《げきれい》してくださった！〟

耳が不自由な彼女は、伸一の話の内容はわからなかった。しかし、懸命に語りかける彼の表情から、深い真心と限りない期待を感じた。魂《たましい》が震《ふる》える思いがした。

その時、今井は感極《かんきわ》まって、泣《な》きだしてしまった。涙《なみだ》でかすむ伸一の顔は、自分をじっと見ているように感じられた。しかも、このころ、伸一の母親《ははおや》は病《やまい》の床《とこ》に伏《ふ》しており、容体《ようだい》が危《あや》ぶまれるなかで、駆《か》けつけてくれたことを、

彼女《かのじょ》は、後《あと》になって知った。

〝この励《はげ》ましに、なんとしてもお応《こた》えしたい。そのために、私は必ず四年間で卒業し、先生に勝利のご報告をしよう！〟

今井《いまい》は、深《ふか》く心《こころ》に誓《ちか》った。そして、苦《くる》しい時、辛《つら》い時には、伸一《しんいち》の、あの時の姿《すがた》を思《おも》い起《お》こして、頑張《がんば》り抜《ぬ》いたのである。

スクーリングでも、教師が書く黒板の文字を見て、必死に理解しようと努《つと》めた。学友《がくゆう》たちも応援《おうえん》し、筆記《ひっき》したノートを見せてくれた。

そして、遂《つい》に卒業を勝ち取ったのである。

伸一は、今井の奮闘《ふんとう》の報告を聞き、卒業記念《きねん》にと、自著《じちょ》の詩集を贈《おく》った。

その中に、こんな一節《いっせつ》があった。

「他人を教育することは易《やさ》しい
自己自身《じこじしん》を教育することは難《むずか》しい
生涯《しょうがい》　確《かく》たる軌道《きどう》に乗りながら
自己を教育していくところに
人間革命の道がある」

（「学光《がっこう》」の章、180～182ページ）

「勇気」の章　地涌《じゆ》の使命に生きる共戦譜《きょうせんふ》

〈1976年（昭和51年）7月、「人間革命《にんげんかくめい》の歌《うた》」が完成。〝同志の心を奮《ふる》い立《た》たせる生命《せいめい》の讃歌《さんか》を〟と、山本伸一《やまもとしんいち》が作詞《さくし》・作曲《さっきょく》したものであった〉

この年《とし》の八月から十月にかけて、県《けん》・方面《ほうめん》の文化祭《ぶんかさい》が盛大《せいだい》に開催《かいさい》される。どの会場《かいじょう》でも、歓喜《かんき》に満《み》ちあふれた「人間革命の歌」の合唱《がっしょう》が響《ひび》いた。

文化《ぶんか》は、人間という生命の大地《だいち》に開く花《はな》である。新《あたら》しき文化の創造《そうぞう》も、未来《みらい》の建設《けんせつ》も、そして、人類《じんるい》の宿命《しゅくめい》の転換《てんかん》も、一人《ひとり》ひとりの人間革命から始《はじ》まる。この歌は、創価学会《そうかがっかい》のテーマともいうべき、その人間革命運動《うんどう》の推進力《すいしんりょく》となっていったのである。

山本伸一は、「人間革命の歌」で、戸田城聖《とだじょうせい》が獄中《ごくちゅう》で悟達《ごだつ》した、「われ地涌《じゆ》の菩薩《ぼさつ》なり」との魂《たましい》の叫《さけ》びを、いかに表現し、伝えるかに、最も心を砕《くだ》いた。

戸田は、この獄中の悟達によって、生涯《しょうがい》を広宣流布《こうせんるふ》に捧《ささ》げんと決意し、一人立った。

大聖人《だいしょうにん》は「日蓮《にちれん》と同意ならば地涌の菩薩たらんか」（御書１３６０㌻）と仰《おお》せである。

この悟達にこそ、日蓮大聖人に直結し、広宣流布に生きる、仏意仏勅《ぶついぶっちょく》の団体である創価学会の「確信」の原点がある。

「地涌の菩薩」の使命《しめい》の自覚とは、自分は、人びとの幸福に寄与《きよ》する使命をもって生まれてきたという、人生の根源的《こんげんてき》な意味を知り、実践《じっせん》していくことである。それは、人生の最高の価《か》値創造《ちそうぞう》をもたらす源泉《げんせん》となる。また、利己《りこ》のみにとらわれた「小我《しょうが》」の生命を利他《りた》へと転じ、全民衆、全人類をも包《つつ》み込《こ》む、「大我《たいが》」の生命を確立《かくりつ》する原動力《げんどうりょく》である。

いわば、この「地涌の菩薩」の使命に生き抜《ぬ》くなかに、人間革命《にんげんかくめい》の大道《だいどう》があるのだ。
伸一《しんいち》は、若者《わかもの》たちが、人生の意味を見いだせず、閉塞化《へいそくか》した精神の状況《じょうきょう》を呈《てい》している時代で

あるだけに、なんのための人生かを、訴《うった》え抜《ぬ》いていきたかった。

そして、彼は、その思想を、「人間革命の歌《うた》」の二番にある、「地《ち》よりか涌《わ》きたる　我《われ》なれば　我なれば　この世で果《は》たさん　使命あり」との歌詞《かし》で表現したのである。

この年《とし》の暮《く》れには、伸一の四十九歳の誕生日《たんじょうび》にあたる、翌《よく》一九七七年（昭和五十二年）一月二日を記念し、学会本部の前庭《ぜんてい》に「人間革命の歌」の碑《ひ》が建立《こんりゅう》され、その除幕式《じょまくしき》が行われた。山本門下生《やまもともんかせい》として、地涌《じゆ》の使命《しめい》を果たし抜かんとの、弟子一同の誓願《せいがん》によって建てられたものだ。

「人間革命の歌」は、師弟の共戦譜《きょうせんふ》である。そして、生命の讃歌《さんか》である。

碑の歌詞の最後に、伸一は刻《きざ》んだ。

「恩師戸田城聖《とだじょうせい》先生に捧《ささ》ぐ　弟子　山本伸一」

（「**勇気**」の章、284〜286ページ）

「敢闘《かんとう》」の章　師弟が紡《つむ》いだ「創価《そうか》」の二字

〈創価《そうか》学会の創立《そうりつ》の日となった、1930年（昭和5年）11月18日は、『創価教育学体系《きょういくがくたいけい》』の発行日である。その不朽《ふきゅう》の大著《たいちょ》は、師と弟子の語らいから生まれた〉

冬のある夜、牧口《まきぐち》と戸田《とだ》は、戸田の家で火鉢《ひばち》を挟《はさ》み、深夜まで語らいを続けていた。その席《せき》で、教育学説《きょういくがくせつ》を残《のこ》したいという牧口の考えを、戸田は聞いたのだ。（中略）

日本の一小学校長の学説を出版《しゅっぱん》したところで、売《う》れる見込《みこ》みはなく、引き受ける出版社《しゅっぱんしゃ》もないことは明《あき》らかであった。

牧口は、自分の教育学説出版の意向《いこう》を戸田に語ったあと、すぐに、それを打《う》ち消すように言った。

「しかし、売れずに損《そん》をする本を、出版するところはないだろう……」（中略）

「先生、私がやります！」

「しかし、戸田君《くん》、金《かね》がかかるよ」

「かまいません。私には、たくさんの財産《ざいさん》はありませんが、一万九千円はあります。それを、全部、投げ出しましょう」

小学校教員の初任給《しょにんきゅう》が五十円前後であったころである。師の教育学説を実証《じっしょう》しようと、私《し》塾《じゅく》・時習学館《じしゅうがっかん》を営《いとな》んでいた戸田は、牧口の教育思想を世《よ》に残すために、全財産をなげうつ覚悟《かくご》を定めたのである。

「私は、体《からだ》一つで、裸一貫《はだかいっかん》で北海道《ほっかいどう》から出て来ました。そして、先生にお会いしたことで、今日《こんにち》の私があるんです。また裸一貫になるのは、なんでもないことです」

牧口は、じっと戸田を見て頷《うなず》いた。

「よし、君が、そこまで決心してくれるのなら、ひとつやろうじゃないか！」

牧口の目は、生き生きと輝《かがや》いていた。

そして、つぶやくように言葉をついだ。

「さて、私の教育学説《きょういくがくせつ》に、どんな名前をつけるべきか……」

すると、戸田《とだ》が尋《たず》ねた。

「先生の教育学は、何が目的ですか」

「一言《いちごん》すれば、価値《かち》を創造《そうぞう》することだ」

「そうですよね。……でも、価値創造哲学《てつがく》や、価値創造教育学というのも変《へん》だな」

「確かに、それでは、すっきりしない。創造教育学というのも、おかしいしな……」

戸田は、頬《ほお》を紅潮《こうちょう》させて言った。

「先生、いっそのこと、創造の『創』と、価値の『価』をとって、『創価《そうか》教育学』としたらどうでしょうか」

「うん、いい名前じゃないか！」

「では、『創価教育学』に決めましょう」

時計の針《はり》は、既《すで》に午前零時《れいじ》を回っていた。

師弟《してい》の語らいのなかから、「創価」の言葉は紡《つむ》ぎ出されたのである。


（「**敢闘**《かんとう》」の章、297〜300ジペー）

第23巻

御書編

三世《さんぜ》永遠の幸福境涯《きょうがい》開く

御文

妙法尼御前御返事《みょうほうあまごぜんごへんじ》　御書1404ジペー

先《まず》臨終《りんじゅう》の事《こと》を習《なら》うて後《のち》に他事《たじ》を習うべし

通解

まず臨終《りんじゅう》のことを習って、後に他のことを習うべきである。

第21巻
第22巻
第23巻
第24巻
第25巻

小説の場面から

〈1976年（昭和51年）7月、山本伸一《やまもとしんいち》は、女子部の代表に、「生老病死《しょうろうびょうし》」の問題について語る〉

「いかなる人間も、死を回避《かいひ》することはできない。

（中略）

トインビー博士も、対談した折《おり》に、しみじみと、こう語っていました。

――人間は、皆《みな》、死んでいく。生死《せいし》という冷厳《れいげん》な事実を突《つ》き付《つ》けられる。しかし、社交界で遊んだり、それ以外のことを考えたりして、その事実を直《ちょく》視《し》せずに、ごまかそうとしている。だから、私は、日本の仏法《ぶっぽう》指導者《しどうしゃ》であるあなたと、仏法を語り合いたかった。教えてもらいたかった。

死という問題の根本的《こんぽんてき》な解決《かいけつ》がなければ、正しい人生観、価値観の確立《かくりつ》もないし、本当の意味の、人生の幸福もありません」

（中略）

「その死の問題を、根本的に解決したのが、日蓮大《にちれんだい》聖人《しょうにん》の仏法です。

広宣流布《こうせんるふ》に生き《い》抜く《ぬ》ならば、この世で崩れ《くず》ざる幸福境涯《きょうがい》を開くだけでなく、三世《さんぜ》永遠に、歓喜《かんき》の生命の大道を歩み抜いていくことができるんです。

（中略）

広宣流布のための人生であると心を定《さだ》め、強盛《ごうじょう》に信心に励《はげ》んでいくならば、わが生命が大宇宙《だいうちゅう》の根本法たる妙法と合致《がっち》し、あらゆる苦悩《くのう》を悠々《ゆうゆう》と乗《の》り越《こ》えていくことができるんです。

信心《しんじん》に励んでいる生命の大地には、福運の地下水が流れていく。大風《おおかぜ》や日照《ひで》りの日があっても、やがては、その生命の大地は豊かに潤《うるお》い、幸《さち》の実《み》りをもたらします」

（「敢闘《かんとう》」の章、291～292ジペー）

題目は苦《く》難《なん》克《こく》服《ふく》の原《げん》動《どう》力《りょく》

御文

南無妙法蓮華経と唱《とな》うるより外《ほか》の遊《ゆう》楽《らく》なきなり

四条金吾殿御返事《しじょうきんごどののごへんじ》　御書1143ジペー

通解

南無妙法蓮華経と唱える以外《いがい》に遊楽《ゆうらく》はない。

小説の場面から

〈1976年（昭和51年）8月24日、山本伸一《やまもとしんいち》は、九州総合研修所近くの二総ブロック合同の代表者勤行会へ。信心根本《しんじんこんぽん》に歩む大切さを訴える〉

「法華経《ほけきょう》には、『現世安穏《げんせあんのん》、後生善処《ごしょうぜんしょ》』（現世安穏にして、後《のち》に善処に生《しょう》ず）とあります。

しかし、広宣流布《こうせんるふ》の道には、さまざまな難《なん》が競《きそ》い起《お》こってきます。また、人生は、宿命《しゅくめい》との戦いともいえます。

現世安穏というのは、なんの波風《なみかぜ》もない、順風《じゅんぷう》満帆《まんぱん》の人生を生きるということではありません。怒濤《どとう》のように諸難《しょなん》や試練があっても、勇敢《ゆうかん》に、一歩も引かずに戦い、悠々《ゆうゆう》とそれを乗《の》り越《こ》えていける境涯《きょうがい》をいいます。

何があろうが、堂々《どうどう》と、人生に勝利していける姿《すがた》が、現世安穏ということなんです。途中《とちゅう》は、いかに波瀾万丈《はらんばんじょう》でも、それを勝《か》ち越《こ》え、晩年《ばんねん》に、しみじみと、わが人生は現世安穏なりと、実感していくことが大事です。そのためには、どんなことがあっても、一生涯《いっしょうがい》、学会から、御本尊から離《はな》れず、題目《だいもく》を唱《とな》え抜《ぬ》いて、勇《いさ》んで、広宣流布に生き抜いていくことです。

（中略）

たとえ、どんなに苦しい時も、御本尊への信を奮《ふる》い起《お》こし、〝絶対に負けるものか！〟と、唱題し抜いていくんです。そうすれば、苦難に立ち向かう勇気が湧《わ》きます。生命が躍動《やくどう》し、歓喜《かんき》が込《こ》み上《あ》げてきます。そこから、すべての状況《じょうきょう》が開かれていくんです。

題目、題目、題目です。誰《だれ》も見ていなくとも、日々、懸命《けんめい》に祈り抜いていく――それが、一切《いっさい》の原動力《げんどうりょく》です」

（「敢闘《かんとう》」の章、365～366ページ）

平和・文化・教育への貢献《こうけん》
識者が語る

香港《ホンコン》教育大学　元准教授
黄国成《こうこくせい》氏

園児《えんじ》の内面的な成長を促《うなが》す

私が香港《ホンコン》教育《きょういく》大学で幼児《ようじ》教育に関する研究をしていた折、学生の一人に香港創価幼稚園《ようちえん》で働いている人がいました。彼女《かのじょ》を通して、香港創価幼稚園のことを知り、そこから交流が始まりました。数年前からは、香港創価幼稚園の英語顧問《こもん》を務《つと》めています。

２０１７年10月、香港創価幼稚園の教員の方《かた》と一緒《いっしょ》に、札幌創価幼稚園を訪問《ほうもん》しました。

印象《いんしょう》に残っている出来事があります。幼稚園内では、園児たちが率先《そっせん》して園内を案内してくれました。見学を終えて帰ろうとすると、一人の園児が「黄《こう》先生、大好き！」と言うのです。

通訳《つうやく》から日本語の意味を聞き、とても感激《かんげき》しました。言葉は通じませんでしたが、その真心に深く胸を打たれました。

普通、年少《ねんしょう》の子どもたちは人見《ひとみ》知《し》りするものですが、私のような大人や初めて会うお客さんにも積極的にあいさつしてくれました。そのように子どもを育てることは、簡単なことではありません。

香港を含《ふく》めたアジアの幼児教育機関の多くは、子どもの成績の向上を重視《じゅうし》しています。「勉強しなさい」とばかり言われて育った子どもは、何かで挫折《ざせつ》した時に、そこからなかなか立ち直ることができないという傾向《けいこう》があります。

その点、創価幼稚園は、「人間を

つくる」という教育方針《ほうしん》を貫《つらぬ》いており、子どもたちの内面的な成長を大切にしています。園児たちは勇気があります。〝自分のことは自分でやる〟という力《ちから》が身に付いています。大変に素晴らしいことです。

創立者・池田先生の著作《ちょさく》を読んだ折、池田先生の師である戸田先生が、戦時中に平和の信念を曲《ま》げることなく、師匠《ししょう》の牧口先生と共に入獄された史実が記されていました。

その両先生の遺志《いし》を継《つ》ぎ、池田先生は幼稚園から大学までの教育機関をつくられた。これだけでもすごいことですが、あまりにも深い師弟の歴史に触《ふ》れ、感動を禁じ得ませんでした。

香港創価幼稚園の教職員らが、北海道・札幌創価幼稚園を訪問。交歓会がにぎやかに行われた（2017年10月5日）

札幌創価幼稚園には、園内に教員や両親、功労者《こうろうしゃ》の方々《かたがた》などを顕《けん》彰《しょう》する桜が植樹《しょくじゅ》されていました。〝この幼稚園はいろいろな人たちの支えによって成り立っているのですよ〟との、池田先生のメッセージだと強く感じました。

人間として最も大切な「感謝の心」を忘れずに、私自身も教育者として社会に貢献《こうけん》したいと思います。

こう・こくせい

1977年生まれ。香港教育大学・幼児教育学科元准教授。香港大学の教育学研究科で哲学博士号を取得（音声言語・聴覚科学専攻）。幼児教育における言語が専門。

ここにフォーカス

恩師記念室の淵源《えんげん》

「敢闘《かんとう》」の章に、恩師記念室の設置《せっち》の淵源《えんげん》が詳細《しょうさい》につづられています。

1953年（昭和28年）、学会本部が東京・千代田区の西神田から、新宿区の信濃町に移転。この折、恩師・戸田先生は会長室よりも立派《りっぱ》な一室を「牧口先生のための部屋」とし、「牧口記念室」と定め、先師の写真を大切に飾《かざ》りました。

「学会を永遠ならしめるために、師匠の魂魄《こんぱく》を永遠にとどめる場所をつくらねばならない」――この戸田先生の構想を継《つ》ぎ、各地に初代・第2代会長の遺品《いひん》等を展示《てんじ》した記念室の設置を提案《ていあん》したのが、池田先生でした。

先生はそれまでにも、未来を見据《みす》え、戸田先生の映像《えいぞう》を動画として残すことを考え、重要な行事を映画フィルムに収《おさ》めることを推進《すいしん》。戸田先生の逝去後《せいきょご》には、恩師の講義などのレコード製作を進めます。「すべては、師匠の真実の姿《すがた》を永遠に残し、その精神を、誤《あやま》りなく伝えたい」との「一念から発したもの」でした。

2010年（平成22年）5月3日、総本部に「創価学会恩師記念会館」が誕生《たんじょう》。「世界平和の日」50周年に当たる同年10月2日には、池田先生が初めて訪問し、牧口先生、戸田先生の崇高《すうこう》な生涯《しょうがい》を偲《しの》んで、勤行・唱題しました。

日々、心に師をいだき、〝師ならばどうするか〟を考え、行動する――ここに、弟子の証《あか》しがあるのです。

第23巻

解説編

紙上講座

池田博正 主任副会長

動画で見る
セイキョウムービー（4分33秒）

ポイント

① 学会歌の調《しら》べとともに
② 弟子が立ち上がる時
③ 学《がく》の光《ひかり》で社会を照《て》らす

草創期《そうそうき》以来、広布の歩《あゆ》みは、学会歌の調《しら》べとともにありました。「勇気」の章では、「人間革命の歌」の誕生《たんじょう》の経緯《けいい》が詳細《しょうさい》につづられています。

1976年（昭和51年）、「7・17」の正義の人権闘争《じんけんとうそう》から20年目を迎《むか》えるに当たり、山本伸一《やまもとしんいち》は、学会歌の制作に取り組みました。**「学会の精神と思想を端的《たんてき》に表現」**（259ページ）し、**「愛する同志が、何ものにも負けぬ闘魂《とうこん》を燃え上がらせる、勇気の歌」**（261ページ）を作ろうと決意していたのです。

「人間革命の歌」の制作過程《かてい》の中《なか》で、伸一は**「戸田城聖《じょうせい》が獄中《ごくちゅう》で悟達《ごだつ》した、『われ地涌《じゆ》の菩薩《ぼさつ》なり』との魂《たましい》の叫《さけ》び」**（285ページ）をいかに伝えるかに最も心を砕《くだ》きました。この戸田先生の「獄中の悟達」にこそ、**「仏意仏勅《ぶっいぶっちょく》の団体である創価学会の『確信』の原点がある」**（同）からです。

伸一は推敲《すいこう》を重ね、恩師の悟達を、2番の**「地よりか涌《わ》きたる　我《われ》なれば　我なれば　この世《よ》で果《は》たさん　使命《しめい》あり」**との歌詞《かし》で表現したのです。

先月（＝2020年8月）26日、約半年ぶりに、「世界広布新時代第46回本部幹部会」が広宣流布大誓堂《だいせいどう》

（＝東京・信濃町）で開催《かいさい》されました。池田先生は、メッセージの中で、今再び、命に刻《きざ》みたい師弟の原点として、戸田先生の「獄中《ごくちゅう》の悟達《ごだつ》」に言及《げんきゅう》され、**「師弟の一念によって呼《よ》び出《いだ》された地涌《じゆ》の菩薩《ぼさつ》の陣列《じんれつ》こそ、創価学会」**と述べられました。

そして、学会創立100周年となる2030年までの10年は、**「人類の『宿命転換《しゅくめいてんかん》』を、断固《だんこ》として成《な》し遂《と》げていくべき勝負の時」**であり、今月27日（＝2020年9月）に開催された「世界青年部総会」は、**「遠大《えんだい》な師弟旅の希望の出発」**と強調されたのです。

席上、世界青年部歌「Eternal《エターナル》 Journey《ジャーニー》 with《ウィズ》 Sensei《センセイ》! ～永遠の師弟旅～」が発表されました。同歌は、小説『新・人間革命』から着想《ちゃくそう》された、「人間革命」の精神を表現する〝弟子の誓《ちか》いの歌〟です。

「人間革命の歌」が**「人間革命運動の推進力《すいしんりょく》」**（285ページ）となったように、世界青年部歌は世界広布の推進力となり、青年部の前進の原動力となるに違《ちが》いありません。

新聞連載《れんさい》から10年

「敢闘《かんとう》」の章は、2010年（平成22年）6月から8月にかけて連載《れんさい》されました。この年は、池田先生の第3代会長就任《しゅうにん》50周年と学会創立80周年を刻《きざ》む大きな節目《ふしめ》の年でした。

同年6月3日、「新時代第41回本部幹部会」が行われました。前日、先生は**「皆《みな》が、創価学会のすべての責任を担《にな》って戦う時が来ているのである」「ゆえに、私を頼《たよ》るのではなく、君たちが全責任をもって、やる時代である」**と指導されました。

当日には、**「君たちに万事《ばんじ》を託《たく》していく総仕上《そうしあ》げの『時』を迎《むか》えている」「師匠の薫陶《くんとう》に応《こた》えて、弟子が今一重《いまいちじゅう》の深い自覚《じかく》をもって立ち上がる時に、未来を開く新しい前進と勝利の息吹《いぶき》が生まれるのでありま**

す」と、メッセージを贈《おく》られたのです。

「敢闘《かんとう》」の章の連載が開始したのは、この本部幹部会が開催《かいさい》された6月3日でした。

同章は**「時代も、社会も、時々刻々《じじこっこく》と変化を遂《と》げていく。創価学会も、新しい人材が陸続と育ち、新しい会館や研修所も次々と誕生《たんじょう》し、新時代を迎えようとしていた」**（287ページ）との一節で始まります。

関西文化祭にどうしても出席できないことを伝える場面では、伸一《しんいち》はこう語ります。**「いよいよ、弟子が立ち上がる時代だよ」「みんなの力《ちから》で、私が出席した以上に、意気軒昂《いきけんこう》で、大歓喜《だいかんき》が爆発《ばくはつ》する文化祭にしてください。それができてこそ、本当の弟子です。じっと見守っています」**（338ページ）

池田先生は、同年（＝2010年）10月1日から、第24巻「母の詩《うた》」の章の連載を開始されました。その後も、執筆闘争《しっぴつとうそう》を続けられ、2018年（平成30年）9月8日、『新・人間革命』は全30巻をもって完結を迎《むか》えました。

先生は「あとがき」に、**「完結を新しい出発として、創価の同志が『山本《やまもと》伸一』として立ち、（中略）自身の輝《かがや》ける『人間革命』の歴史を綴《つづ》られんことを、心から念願《ねんがん》している」**と書きとどめられています。

「敢闘」の章から10年。この間は、一人一人が、師匠に〝励《はげ》まされる弟子〟から、師の心をわが心として、友を〝励ます弟子〟へと、挑戦を重ねる10年であったともいえます。

社会は今、さまざまな変化に直面しています。困難《こんなん》な時代だからこそ、「山本伸一」として立ち、日々、自らの人間革命に挑戦してまいりたいと思います。

創価教育原点の日

学会創立記念日の「11・18」は、1930年（昭和5年）のこの日に、『創価教育学体系《たいけい》』が発刊されたことが淵源《えんげん》です。「未来」の章では、**「創価教育原《げん》点《てん》の日」**（102㌻）とも意義付けられています。

創価教育の新たな飛躍《ひやく》の年となった1976年（昭和51年）には、札幌創価幼稚園《さっぽろそうかようちえん》と創価大学の通信教育部が開設され、創価教育の舞台《ぶたい》が、幼児《ようじ》教育と通信教育にも広がりました。

「学光《がっこう》」の章では、通信教育事業が、牧口先生と戸田先生の悲願《ひがん》であったことが記されています。両先生とも、通信教育事業を展開《てんかい》しましたが、牧口先生は日露戦争後《にちろせんそうご》の不況《ふきょう》で、戸田先生は第2次世界大戦後のインフレによって事業の撤退《てったい》を余儀《よぎ》なくされました。

人々の幸福のための教育を実現しようとした先師の思い、**「万人《ばんにん》に教育の機会を与《あた》えたい」**（118㌻）との恩師の教育構想を継《つ》ぎ、伸一《しんいち》は創価大学に通信教育部を設置したのです。

伸一は青春時代、大世学院《たいせいがくいん》（現・東京富士大学）の政経科夜間部に通っていました。その苦学の経験から、通信教育で学ぶ友には、**「学《がく》の光《ひかり》をもって、わが人生を、そして、社会を照《て》らしゆくのだ」**（124㌻）と期待を寄せ、2部学生のメンバーには、**「皆《みな》、私の大切な後輩《こうはい》たち」**（201㌻）と親《した》しみを込《こ》めて呼《よ》び掛《か》け、**「私と同じ青春の道を、真の師弟の道を歩む内証《ないしょう》の誇《ほこ》りをもって、うんと苦労し、自らが自らを磨《みが》いていくんだ」**（202㌻）と万感《ばんかん》の思いを語りました。

今年（＝2020年）、創価大学通信教育部の夏期スクーリングは、コロナ禍《か》のため、全ての授業をオンラインで行うという初の試《こころ》みに挑《いど》みました。その中で、日本と海外18カ国・地域の方々が授業に臨《のぞ》みました。通信教育の歴史に、新たな一ページを刻《きざ》んだのです。

『創価教育学体系』の発刊から間《ま》もなく90周年。人間教育の大光は、世界を照らし始めています。

名言集

真《まこと》の経験

人間が直面《ちょくめん》する課題は、常に新しい。昨日《きのう》と全く同じことなど、何一つない。ゆえに、大切なのは、挑戦《ちょうせん》への情熱である。勇気である。行動である。最《さい》善《ぜん》の道を究《きわ》めようと、試行錯誤《しこうさくご》を重ねていく挑戦の軌跡《きせき》が、やがて真《まこと》の経験となって結実《けつじつ》するのだ。

（「未来」の章、14ページ）

生涯《しょうがい》、勉強

生涯《しょうがい》が学習である。生涯が勉強である。それが、人間らしく生きるということなのだ。

（「学光《がっこう》」の章、108ページ）

人材の要件《ようけん》

二十一世紀に求められる人材の要件《ようけん》とは何か。それは、磨《みが》き抜《ぬ》かれた「英知《えいち》」とともに、苦境《くきょう》のなかで培《つちか》われた「勇気」と「人間性」を備《そな》えているということである。

（「勇気」の章、205ページ）

「宿命《しゅくめい》」は「使命《しめい》」

最も苦労《くろう》した人こそ、最も成長を遂《と》げる。過酷《かこく》な「宿命《しゅくめい》」を背負《せお》った人こそ、最高の「使命《しめい》」を担《にな》っている人である。

（「勇気」の章、213ページ）

第21巻
第22巻
第23巻
第24巻
第25巻

学会の黄金柱《おうごんばしら》

壮年には、力《ちから》がある。壮年は、一家の、社会の、学会の黄金柱《おうごんばしら》である。そして、広宣流布《こうせんるふ》の勝敗を決《けっ》していくのは、壮年が、いかに戦うかにかかっている。

（「敢闘《かんとう》」の章、354ﾍﾟｰｼﾞ）

マレーシアの首都クアラルンプールの通信塔（2000 年 12 月、池田先生撮影）。第 23 巻「未来」の章では、山本伸一がマレーシア創価幼稚園で園児たちと交流し、「今日は〝未来〟と出会った思いだ」と語る場面が描かれている

池田先生ご夫妻が「人間革命の歌」の歌碑の前で

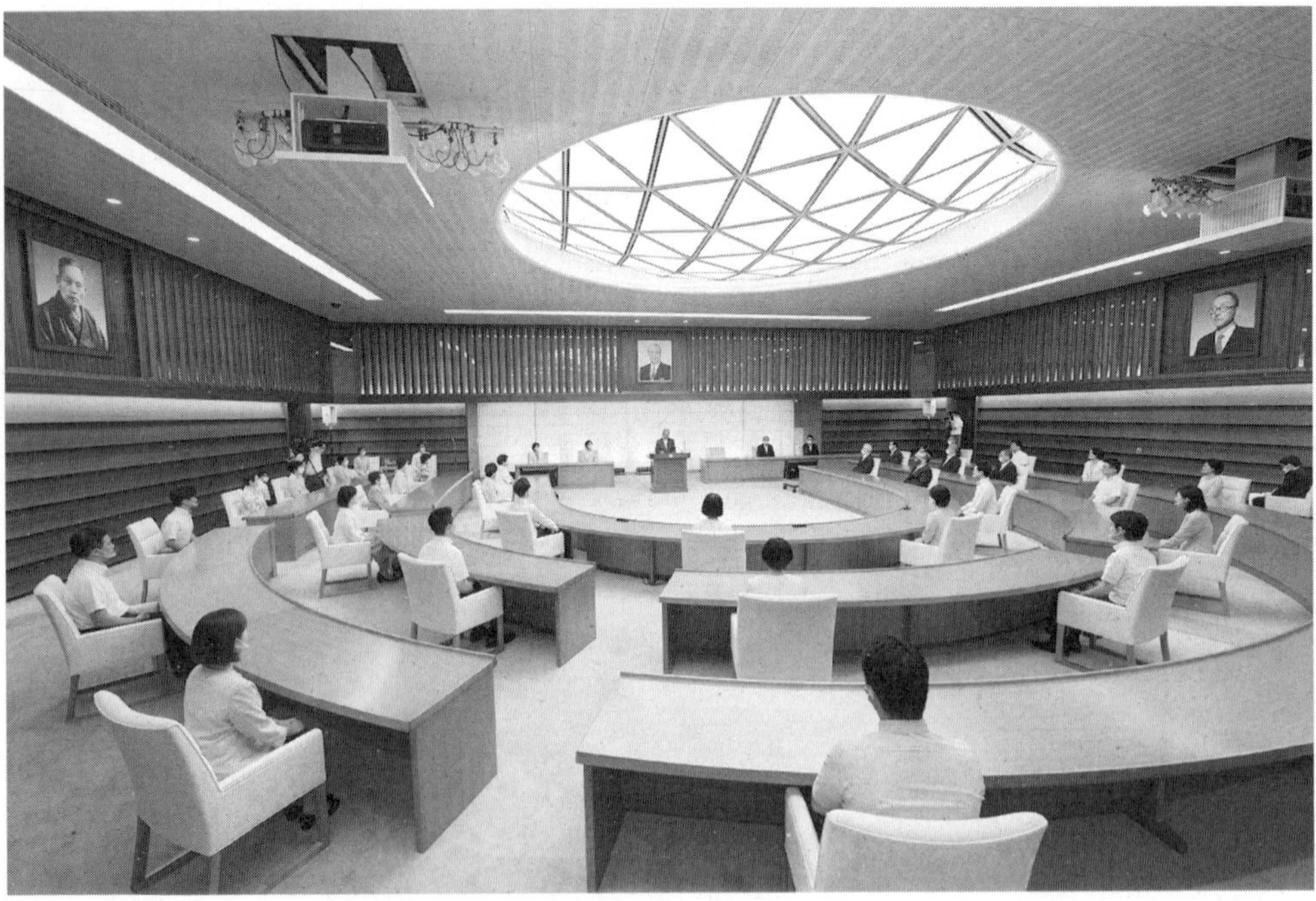

広宣流布大誓堂の「三代会長記念会議場」で初めて開催された本部幹部会。
席上、「世界青年部歌」が発表された（2020 年 8 月 26 日）

『新・人間革命』

第24巻

「聖教新聞」連載
(2010年10月1日付〜2011年6月27日付)

第24巻

基礎資料編

各章のあらすじ

物語の時期

1976年（昭和51年）8月～77年2月17日

1976年（昭和51年）の8月末、山本伸一《やまもとしんいち》とフランスの作家アンドレ・マルローとの対談集が発刊された。

また、同月半《なか》ばから10月上旬《じょうじゅん》にかけて開催《かいさい》された県・方面の文化祭は、「人間革命の歌」とともに、人間讃歌《さんか》の絵巻《えまき》を繰《く》り広《ひろ》げた。

9月5日、伸一は東京文化祭に出席。彼の作った詩に曲をつけた「母」の歌が演奏《えんそう》された。伸一は、歌声に耳《みみ》を傾《かたむ》けながら、世界中の尊《とうと》き母たちへの感謝を込《こ》め、病床《びょうしょう》にある母・幸《さち》を思い、心で唱題。また、再挑戦《さいちょうせん》で5段円塔《だんえんとう》を完成させた男子部員らを励《はげ》ます。文化祭の終了後《しゅうりょうご》、伸一は容体《ようだい》が急変した

「母の詩《うた》」の章

母を見舞《みま》うため、実家へ急ぐ。母は、彼の姿《すがた》を見ると、安心したようにほほえみ、目を閉《と》じる。伸一は、明るく、忍耐強《にんたいづよ》かった母の思い出をかみしめる。翌朝《よくあさ》、母は安らかに霊山《りょうぜん》へと旅立つ。

伸一は15日、静岡県の東海研修所（当時）で、牧口常三郎《つねさぶろう》を顕彰《けんしょう》する胸像除幕式《きょうぞうじょまくしき》に臨《のぞ》む。

10月25日には戸田城聖《じょうせい》の故郷《こきょう》・厚田村で戸田記念墓地公園の着工式に出席する。さらに石川に戸田記念室、富山に牧口記念室の設置を提案するなど、師弟の魂《たましい》を永遠にとどめようと力《ちから》を尽《つ》くす。

１９７６年（昭和51年）晩秋《ばんしゅう》の夜、山本伸一《やまもとしんいち》は「牙城会《がじょうかい》」の青年と共に、学会本部周辺の施設《しせつ》を隅々《すみずみ》まで点検し、絶対無事故を期《き》す基本を徹底《てってい》。学会厳護《げんご》の精神を訴《うった》える。

また、「創価班」には、翌年《よくねん》1月6日の総会の開催《かいさい》を提案。「創価班」は、76年11月に、「輸送班《ゆそうはん》」を発展的《はってんてき》に解消し、諸行事の運営などを行う人材育成機関として新発足した。77年（同52年）の元日の新年勤行会終了後《しゅうりょうご》、伸一は、学会本部の前庭で、「創価班」の青年ら役員と記念撮影《きねんさつえい》。「吹雪《ふぶき》に胸《むね》はり　いざや征《ゆ》け」との精神で進むことを訴《うった》える。「白蓮《びゃくれん》グループ」のメンバーとも、何回もカメラに納《おさ》まり、

「厳護《げんご》」の章

民衆奉仕《みんしゅうほうし》の精神と「冥《みょう》の照覧《しょうらん》」への確信をと語る。

「教学の年」と名付けられた77年、聖教新聞の元日付には、伸一の「諸法実相抄《しょほうじっそうしょう》」講義が、さらに「大白蓮華」1月号には、「百六箇《ひゃくろっか》抄《しょう》」講義が連載《れんさい》開始される。

伸一は、1月15日には、大阪で開催《かいさい》された教学部大会で、〝宗教《しゅうきょう》のための人間〟から〝人間のための宗教〟への大転回点が仏教の発祥《はっしょう》であることなどを講演。彼は、広布のため、大教学運動で新時代開《かい》拓《たく》の扉《とびら》を開こうとする。

「人間教育」の章

１９７７年（昭和52年）、学会は、広宣流布《こうせんるふ》の主戦場である第一線組織の強化に取り組む。

山本伸一《やまもとしんいち》は、各部大ブロック幹部の勤行会に出席し、仏法《ぶっぽう》への大確信を打ち込《こ》んでいく。伸一に代わって勤行会を担当《たんとう》する最高幹部との懇談《こんだん》では、全同志の功徳《くどく》と歓喜《かんき》の実証こそが、組織強化の要点であることを訴《うった》える。

人間教育の大切さを痛感《つうかん》する伸一は、61年（同36年）に教育部が誕生《たんじょう》して以来、教育部の育成に力《ちから》を注《そそ》ぎ、主要な催《もよお》しには、長文のメッセージを贈《おく》り、人間教育への指針《ししん》を示《しめ》してきた。

その期待に応《こた》え、教育部では各地で教育相談室や「父母《ふぼ》教室」などを実施《じっし》。

75年1月7日の第9回教育部総会では、「人間教育運動綱領《こうりょう》」（第1次草案）が発表された。以後、実践《じっせん》報告大会の開催《かいさい》や体験談集の発刊などに取り組んできた。

77年2月6日夜、伸一は東京教育部の第1回勤行集会に出席。

学会が永遠に発展《はってん》し続けるには〝人類のために〟〝民衆《みんしゅう》のなかへ〟とのたゆまざる流れが必要不可欠と訴《うった》える。教育部は、新時代の大空に雄々《おお》しく飛翔《ひしょう》し、人間教育の潮流《ちょうりゅう》を広げていく。

１９７３年（昭和48年）10月24日、社会本部に、社会部、団地部、農村部（現在の農漁光部《のうぎょこうぶ》）、専門部《せんもんぶ》の設置が発表される。信心を根本に、社会、地域に貢献《こうけん》していくことを目指して設置されたものである。

山本伸一《やまもとしんいち》は、77年（同52年）2月2日、社会部の勤行集会に出席し、皆が職場の勝利者となる要諦《ようてい》を語る。彼は、社会部のみならず、社会本部の各部メンバーを次々に激励《げきれい》。

17日には、全国の農村部、団地部の代表メンバーが集《つど》って開催《かいさい》された第1回「農村・団地部勤行集会」へ。過疎化《かそか》のなかで農業再生のために「農業講座《こうざ》」や「農村青年主張大会」などを開催《かいさい》する農村部に、伸一

「灯《とう》台《だい》」の章

は〝地域、学会の灯台《とうだい》たれ〟との指《し》針《しん》を示す。

一方、団地部は、過密化《かみつか》した居住環境《かんきょう》のなかで、潤《うるお》いのある人間共同体をつくるために献身《けんしん》していた。

伸一は、団地部のメンバーには〝幸福への船長、機関長たれ〟との指針を贈《おく》る。また、翌《よく》78年（同53年）6月25日には、第1回「団地部全国大会」（東日本大会）にも出席する。

社会本部のメンバーは、一人一人が社会に蘇生《そせい》の光を送る「灯台」となって、社会の航路《こうろ》を照《て》らしていく。

長編詩「母」の直《じき》筆《ひつ》原《げん》稿《こう》

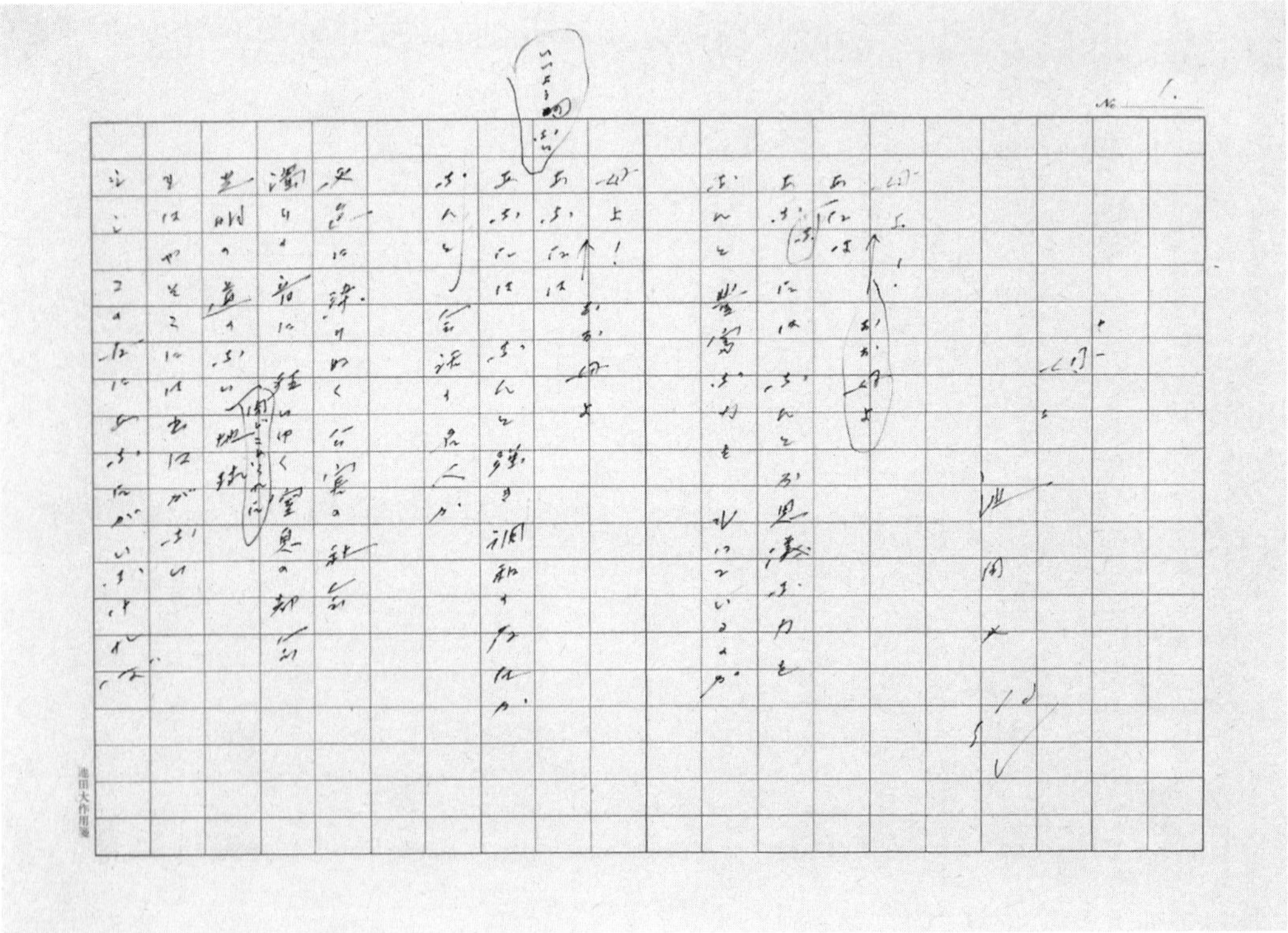

長編詩「母」の直筆原稿の冒頭の1枚。原稿は11枚にわたる

「母」の歌は、1971年（昭和46年）10月に池田先生が詠《よ》んだ長編詩「母」をもとに作曲された。長編詩に推敲《すいこう》の筆跡《ひっせき》が記された直筆原稿《じきひつげんこう》が保《ほ》存《ぞん》されている。76年（同51年）8月、メロディーを付けた「母」の歌を発表。婦人部結成60周年を迎《むか》えた2011年（平成23年）6月、〝創価の母〟をたたえる同歌の銘板が、創価世界女性会館に設置《せっち》された。

山本伸一と各種本部の友

団地部・農漁光《のうぎょこう》部

農村・団地部勤行集会でピアノを演奏（1977 年 2 月、東京・信濃町の学会本部で）

教育本部

8・12「教育原点の日」の淵源となった教育部の夏季講習会（1975年8月、東京・八王子市で）

社会部

社会部の勤行集会に出席し激励（1977年2月、東京・信濃町の学会本部で）

青年部
人材グループへの激励

白蓮《びゃくれん》グループ

白蓮グループの第1回総会（1977年4月、静岡で）

創価班

池田先生が創価班の代表と記念のカメラに（1983 年 4 月、山形で）

牙城会

牙城会の友に励ましを送る（1983 年 10 月、東京・信濃町の学会本部で）

第24巻

名場面編

「母の詩《うた》」の章　親孝行《おやこうこう》こそ最も大切な人道《じんどう》

〈1976年（昭和51年）9月、山本伸一《やまもとしんいち》の母・幸《さち》は、安らかに霊山《りょうぜん》へ旅立った。伸一の胸《むね》に母との思い出が浮《う》かぶ〉

母は、自分を犠牲《ぎせい》にして、たくさんの子どもを育ててきた。伸一は、その恩に報《むく》いるためにも、元気なうちに旅行もしてもらおうと、力《ちから》を尽《つ》くした。母は、楽しそうに出かけて行《い》った。その地の学会員との出会いを喜びとしていた。母の笑顔を見ることが、彼は、何よりも嬉《うれ》しかった。

母は子に、無尽蔵《むじんぞう》の愛を注《そそ》いで育ててくれる。子どもは、大威張《おおいば》りで、母に甘《あま》える。母が老《お》いたならば、今度は、子どもが親孝行《おやこうこう》し、恩返しをする番《ばん》である。子どもに、その「報恩《ほうおん》」の自覚《じかく》がなくなってしまえば、最も大切な人道《じんどう》は失《う》せてしまうことになる。

母の幸は、学会本部に来る時には、よく自分で縫《ぬ》った黒い羽織《はおり》を着ていた。

本部は、広宣流布の本陣《ほんじん》であり、歴代会長の精神が刻《きざ》まれた厳粛《げんしゅく》な場所である。正装《せいそう》して伺《うかが》うのが当然である——というのが、母の考えであった。

息子が会長であるからといって、公私《こうし》を混同《こんどう》するようなことは、全くなかった。

母が亡《な》くなる前年の一九七五年（昭和五十年）四月のことである。（中略）伸一は、母と久しぶりに会う時間があった。諸行事が続くなか、言葉を交《か》わしたのは、数分にすぎなかった。

彼は、花の大好きな母のために、レイと桜の小枝《こえだ》を贈《おく》った。レイを首にかけると、母は、「ありがとう、ありがとう」と、何度も言い、桜の花を見ては、微笑《ほほえ》んだ。

別れ際《ぎわ》、伸一は、自分にできる、せめてもの親孝行として、母を背負《せお》って、坂道を歩こうと思った。伸一《しんいち》が、かがみ込《こ》んで背中《せなか》を向けると、母は、はにかむように言った。

「いいよ、いいよ。そんなことを、させるわけにはいかないよ」

「いいえ、お母さん。私が、そうしたいんです」

伸一が、強く言うと、母は、「悪いねえ」と言って、彼の背中に乗った。

小柄《こがら》な母は、年老いて、ますます小さく、軽くなっていた。

伸一が、「うーん、重い、重い」と言うと、屈託《くったく》のない笑い声が響《ひび》いた。

背中に感じた、その温《ぬく》もりを、彼は、いつまでも、忘《わす》れることができなかった。

親孝行とは、何も高価《こうか》なものを贈ることではない。親への感謝《かんしゃ》の思い、真心《まごころ》を伝《つた》えることである。親と遠《とお》く離《はな》れて暮《く》らし、なかなか会えない場合《ばあい》には、一枚《いちまい》の葉書《はがき》、一本《いっぽん》の電話《でんわ》でも心《こころ》は通《かよ》い合《あ》う。

（「母の詩《うた》」の章、53～54ジペー）

「厳護《げんご》」の章　基本《きほん》の徹底《てってい》が事故を防《ふせ》ぐ

〈1976年（昭和51年）の晩秋《ばんしゅう》の夜、執務《しつむ》を終えた山本伸一《やまもとしんいち》は、牙城会《がじょうかい》の青年二人《ふたり》と共に、学会本部の周辺や建物内の点検に回る〉

伸一は、途中《とちゅう》、二階《かいだ》建ての学会の建物に立《た》ち寄《よ》ると、館内《かんない》の収納《しゅうのう》スペースを点検した。

「こうした、普段《ふだん》は、あまり開けないところこそ、注意《ちゅうい》して見ることだ。そのチェックのポイントは、鍵《かぎ》はかかっているのか、不審物《ふしんぶつ》がないか、換気扇《かんきせん》などが回《まわ》りっ放《ぱな》しになっていないかなどだよ」（中略）

それから、伸一は、給湯室《きゅうとうしつ》の火の始末《しまつ》や、電気の消《け》し忘《わす》れはないかなどを、一つ一つ点検して回った。さらに、表《おもて》の花壇《かだん》では、木や草の根《ね》元《もと》まで懐中電灯《かいちゅうでんとう》を照《て》らし、不審物などが隠《かく》されていないか、入念に調べた。（中略）

「小さなことを見逃《みのが》さない目が、大事故を防《ふせ》ぐんだよ。事故を防ぐには、みんなで、よく検《けん》討《とう》して、細かい点検の基本事項《きほんじこう》を決め、それを徹底《てってい》して行《おこな》っていくことだ。（中略）

そして、基本を定めたら、いい加減《かげん》にこなすのではなく、魂《たましい》を込《こ》めて励行《れいこう》することだ。形式的になり、注意力が散漫《さんまん》になるのは、油断《ゆだん》なんだ。実は、これが怖《こわ》いんだ」（中略）

伸一は、さらに、本部周辺の建物を見回りながら語っていった。

「これから年末いっぱい、火災に限らず、詐《さ》欺《ぎ》や窃盗《せっとう》などの、さまざまな犯罪が多発しやすい時期になる。しかし、ともすれば、〝まさか、自分はそんなことに遭《あ》うわけはない。大丈《だいじょう》夫《ぶ》だろう〟と思ってしまう。それが油断の第一歩であり、そこに、隙《すき》が生まれていく。

また、会合で、交通事故に注意するよう呼《よ》びかけても、〝そんなことは、わかっている〟と思って、聞き流してしまうケースがよくある。

だが、その時に、〝そうだ。用心しよう！〟と自分に言い聞かせ、周囲の人とも確認《かくにん》し合うことだ」（中略）

伸一《しんいち》は、「牙城会《がじょうかい》」の青年と、聖教新聞社を経《へ》て、自宅《じたく》まで来た。妻の峯子《みねこ》が、玄関前《げんかんまえ》に、迎《むか》えに出ていた。峯子は、「牙城会」の青年たちに、丁重《ていちょう》に礼《れい》を言った。

伸一は、別れ際、彼らに語った。

「今日《きょう》は、ありがとう。ともかく、絶対無事故をめざそう。私も、無事故、安全を、毎日、しっかり、ご祈念《きねん》しているからね。

私は、いつも君たちと一緒《いっしょ》に行動するわけにはいかないが、心は一緒だよ。使命《しめい》は同じだよ。どうか、私に代わって、本部を守ってください。会館を守ってください。同志を守ってください。また、お会いしよう」

この日、伸一と峯子は、彼らが、風邪《かぜ》をひかないように、また、はつらつと使命を果《は》たし、立派《りっぱ》に大成《たいせい》するように、深い祈りを捧《ささ》げた。

（「厳護《げんご》」の章、104〜108ページ）

「人間教育」の章　時代は「人間革命」を志向《しこう》

〈1977年（昭和52年）は、大ブロック（現在の地区）の強化をめざし、全幹部が大ブロックに入り、座談会を中心に奔走《ほんそう》した〉

伸一《しんいち》は、大ブロック座談会を担当《たんとう》した最高幹部が学会本部に帰ってくると、必ず尋《たず》ねることがあった。それは、青年は何人集《つど》っていたのか、特に女子部員は元気であったのかということであった。

そして、女子部員が、はつらつと、研究発表や体験発表、活動報告などをしていたことを聞くと、途端《とたん》に笑《え》みを浮《う》かべるのであった。

「嬉《うれ》しいね。未来があるね。学会が、どうして、ここまで発展《はってん》することができたのか。その要因の一つは、常に青年を大切にし、青年を前面に押《お》し出《だ》すことによって、育ててきたからだよ。

時代は、どんどん変わっていく。信心《しんじん》という根本《こんぽん》は、決して変わってはいけないが、運営の仕方や、感覚というものは、時代とともに変わるものだ。（中略）

社会の流れや時代感覚は、青年に学んでいく以外にない」（中略）

伸一は、あらゆる角度から、未来を、二十一世紀を、見すえていた。（中略）

初代会長・牧口常三郎《まきぐちつねさぶろう》は、価値論《かちろん》を立て、「罰《ばち》」という反価値の現象に苦しまぬよう警鐘《けいしょう》を鳴《な》らすことに力点《りきてん》を置いた。第二代会長・戸《と》田城聖《だじょうせい》は、戦後、広く庶民《しょみん》に、仏法の偉大《いだい》さを知らしめるために、経済苦《けいざいく》、病苦《びょうく》、家庭不和等の克服《こくふく》の道が、仏法にあると訴《うった》え、御本尊の功《く》徳《どく》を強調《きょうちょう》した。

では、これからは、人びとは、仏法に何を求め、私たちは、どこに力点を置いて、仏法を語るべきなのか。伸一は、青年たちと、忌憚《きたん》のない対話を交《か》わすなかで、こう実感していた。

〝心を強くし、困難《こんなん》にも前向きに挑戦《ちょうせん》していく自分をつくる――つまり、人間革命こそ、人びとが、社会が、世界が求める、日蓮仏法《にちれんぶっぽう》、創価学会への期待ではないか！　もちろん、経済《けいざい》苦《く》や病苦《びょうく》などを解決していくためにも、人びとは仏法を求めていくであろうが、若《わか》い世代のテーマは、自己《じこ》の変革《へんかく》、生き方の転換《てんかん》に、重点が置かれていくにちがいない。つまり、『人間革命の時代』が来ているのだ〟

また、医療《いりょう》の進歩《しんぽ》等によって、二十一世紀《せいき》には、人間《にんげん》の寿命《じゅみょう》は、ますます延《の》び、高齢化《こうれいか》が進《すす》むであろう。それにともない、人びとの死《し》への関心《かんしん》は高まり、永遠《えいえん》の生命《せいめい》を説《と》き明《あ》かした仏法の死生観《しせいかん》が、クローズアップされる時代が来ることは間違《まちが》いない。

伸一《しんいち》が、教学運動《きょうがくうんどう》に力《ちから》を入れた背景《はいけい》には、仏法を、時代の要請《ようせい》に応《こた》えた「希望《きぼう》の哲学《てつがく》」として、現代社会《げんだいしゃかい》に復権《ふっけん》させなくてはならないとの、強《つよ》い思《おも》いがあったからである。

（「**人間教育**」の章、203～206ページ）

「灯台《とうだい》」の章　気遣《きづか》いと対話が信頼《しんらい》育《はぐく》む

〈山本伸一《やまもとしんいち》は、青年時代に「青葉荘《あおばそう》」でアパート暮《ぐ》らしを始め、近隣《きんりん》の人たちと誠実《せいじつ》に友好を結んできた〉

アパートは二階建《かいだ》て三棟《とう》で、九十世帯《せたい》ほどが住み、伸一が入《はい》ったのは、その三号館《ごうかん》一階の部屋《へや》であった。（中略）

伸一が、青年として心がけていたのは、明るく、さわやかなあいさつであった。同じアパートに住んだのは、決して偶然《ぐうぜん》ではない。深い縁《えにし》があってのことだ。だから、近隣《きんりん》の人びとを大切《たいせつ》にし、友好《ゆうこう》を結《むす》ぼうと思《おも》った。

彼は、隣室《りんしつ》の子どもたちを部屋に呼《よ》んで、一緒《いっしょ》に遊んだこともあった。自分の縁《えん》した一家が、幸せになってもらいたいと、その親には仏法《ぶっぽう》の話をした。やがて、この一家は、信心《しんじん》を始めた。

伸一は、自分の部屋で座談会も開いた。何人かのアパートの住人や近隣の人たちにも声をかけ、座談会に誘《さそ》った。そのなかからも、信心をする人が出ている。周囲《しゅうい》の人びとの幸せを願《ねが》っての友好の広《ひろ》がりは、おのずから、広宣流布《こうせんるふ》の広がりとなっていくのである。

伸一は、「青葉荘」で三年間を過ごし、一九五二年（昭和二十七年）五月に峯子《みねこ》と結婚《けっこん》する。（中略）八月には、大田区山王《さんのう》のアパート「秀山荘《しゅうざんそう》」に移った。赤い屋根の二階建てで、十世帯ほどが住んでいた。

伸一たちが借りたのは、六畳二間《じょうふたま》の一階の部屋であった。（中略）

ここにいた時、長男の正弘《まさひろ》、次男の久弘《ひさひろ》も生まれている。また、伸一が、青年部の室長として、学会の重責《じゅうせき》を担《にな》うようになるのも、この時代である。

「秀山荘」に転居《てんきょ》した伸一は、すぐに名刺《めいし》を持って、近所にあいさつに回った。和気《わき》あいあいとした人間関係を、つくっていきたかったのである。

正弘《まさひろ》が成長し、走り回るようになると、妻の峯子《みねこ》は、隣室《りんしつ》や上の部屋に気を使い、なるべく早く寝《ね》かしつけるようにした。

彼の部屋には、実《じつ》に多くの人が訪《おとず》れた。当時、伸一《しんいち》が、峯子と語り合ったのは、「どなたが来ても温《あたた》かく迎《むか》えて、希望を〝お土産《みやげ》〟に、送り出そう」ということであった。

じっくりと話《はなし》を聴《き》き、時には（中略）レコードを聴くなどしながら、励《はげ》ました。語らいは、時として深夜にまで及《およ》ぶこともあった。翌朝《よくちょう》、峯子は「昨夜は、遅《おそ》くまで来客がありまして、すみません。うるさくなかったですか」と、近隣の人びとにあいさつして回った――。

いずこの地であれ、誠実さをもって、気遣《きづか》いと対話を積み重ねていくなかで、友好の花は咲《さ》き、信頼《しんらい》の果実《かじつ》は実るのだ。

（「**灯台**《とうだい》」の章、347～349ジペー）

第24巻

御書編

生も歓喜《かんき》、死もまた歓喜

御文

上野殿後家尼御返事《うえのどのごけあまごへんじ》　御書1504㌻

い《生》きてをはしき時は生《せい》の仏《ほとけ》・今は死の仏・生死《しょうじ》ともに仏なり、即身成仏《そくしんじょうぶつ》と申す大事《だいじ》の法門これなり

通解

生きておられた時は生《せい》の仏《ほとけ》。今は死の仏。生死《しょうじ》ともに仏なのです。即身成仏《そくしんじょうぶつ》という重要な法門は、このことです。

小説の場面から

〈1976年（昭和51年）、山本伸一《やまもとしんいち》は、母・幸《さち》の見《み》舞《ま》いに訪《おとず》れ、御書を拝《はい》して語る〉

母は、病床《びょうしょう》に伏《ふ》しながら、「うん、うん」と、目を輝《かがや》かせて頷《うなず》き、伸一の話を聴《き》いていた。それは、伸一が母のために行《おこな》う、最初で最後の講義《こうぎ》であった。

伸一は、母は危篤状態《きとくじょうたい》を脱《だっ》したとはいえ、余命いくばくもないと感じていた。ゆえに、彼は、この機会に、仏法で説く死生観《しせいかん》を、語っておきたかったのである。

（中略）

「広宣流布に戦い抜《ぬ》いた人は、生きている時は『生《せい》の仏《ほとけ》』であり、どんな苦難《くなん》があっても、それに負けることのない、大歓喜《だいかんき》の日々を送ることができる。そして、死して後《のち》もまた、『死の仏』となる――それが、即身成仏《そくしんじょうぶつ》という大法門なんです。

ゆえに、生も歓喜であり、死もまた、歓喜なんです。永遠《えいえん》の生命を、歓喜のなかに生きていくことができるんです。

万物《ばんぶつ》を金色《こんじき》に染《そ》める、荘厳《そうごん》な夕日のように、最後まで、題目を唱《とな》え抜《ぬ》いて、わが生命を輝かせていってください」

仏の使いとして生きた創価の母たちは、三世《さんぜ》永遠に、勝利と幸福の太陽と共にあるのだ。

伸一が語り終えると、母は、彼の差し出した手を、ぎゅっと握《にぎ》り締《し》めた。（中略）

翌日、母は、家族に語った。

「私は、悔《くや》しい思いも、辛《つら》い思いもした。でも、私は勝った。社会に貢献《こうけん》するような、そういう子どもが欲《ほ》しかった。そして、自分の子どものなかから、そういう人間が出た。だから私は、嬉《うれ》しいんだ」

（「母の詩《うた》」の章、58～61ジペー）

広布の原理《げんり》は「一人《ひとり》立つ」

御文

諸法実相抄《しょほうじっそうしょう》　御書1360ジペー

日蓮《にちれん》一人《いちにん》はじめは南無妙法蓮華経と唱《とな》へしが、二人《ににん》・三人・百人と次第《しだい》に唱へつたふるなり……

通解

はじめは日蓮一人《にちれんひとり》が南無妙法蓮華経と唱《とな》えたが、二人・三人・百人と次第《しだい》に唱え伝えてきたのである……。

第21巻
第22巻
第23巻
第24巻
第25巻

小説の場面から

〈1977年（昭和52年）1月5日、聖教新聞紙上に山本伸一《やまもとしんいち》の「諸法実相抄《しょほうじっそうしょう》」講義の第3回が掲載《けいさい》された〉

「いつの時代にあっても、絶対に変わらない広宣流《こうせんる》布《ふ》の根本原理《こんぽんげんり》が、『一人《ひとり》立つ』ということです。大聖《だいしょう》人《にん》も、そして牧口《まきぐち》先生も、戸田《とだ》先生も、決然《けつぜん》と一人立たれた。（中略）

『一人立つ』とは、具体的《ぐたいてき》に言えば、自分の家庭や地域など、自身が関《かか》わっている一切の世界で、妙法《みょうほう》の広宣流布の全責任をもっていくことです。

私たちは、一人ひとりが、家族、親戚《しんせき》、友人等々、他の誰《だれ》とも代《か》わることのできない自分だけの人間関係をもっています。妙法のうえから見れば、そこが使命《しめい》の本国土《ほんこくど》であり、その人たちこそが、自身の眷《けん》属《ぞく》となります。（中略）

ゆえに、『一人立つ』という原理が大事になります。御本仏《ごほんぶつ》・日蓮大聖人《にちれんだいしょうにん》の御使《おんつか》いとして、自分は今、ここにいるのだと自覚することです。

そして、おのおのの世界にあって、立ち上がっていくのが、地涌《じゆ》の菩薩《ぼさつ》です。そのなかにのみ、広宣流布があることを忘《わす》れないでください」

最も身近なところで、仏法を弘《ひろ》めていくというのは、地味《じみ》で、それでいて最も厳《きび》しい戦いといえる。

自分のすべてを見られているだけに、見栄《みえ》も、はったりも、通用しない。誠実《せいじつ》に、真面目《まじめ》に、粘《ねば》り強《づよ》く、大情熱をもって行動し、実証《じっしょう》を示しながら、精進《しょうじん》を重ねていく以外にない。しかし、そこにこそ、真の仏道修行があるのだ。

（「厳護《げんご》」の章、177〜178㌻）

古い通念《つうねん》を打ち破る女性観

私は母から大きな影響《えいきょう》を受けました。私や妹が興味を持ったことに対して、母はもっと学ぶように励《はげ》ましてくれました。

母は自然を心から愛していました。鳥、山、雲、岩などへの、母が抱《いだ》いた温《あたた》かな関心は、今も私の胸《むね》に息づいています。

2005年1月、その最愛の母を亡くしました。翌年《よくねん》の7月、私は創価大学で、池田SGI会長と香峯子夫人にお会いしました。母と一緒に会見に臨《のぞ》みたい――その思いから、母の形見である青いスーツを着用しました。青は、母と私にとって、豊かさと広がりを象徴《しょうちょう》する大好きな色なのです。

私の読後感　識者が語る

米エマソン協会　元会長
サーラ・ワイダー博士

母が生きていたならば、創価学会のこと、創価教育のことについて共に学んでいけることを、心から喜《よろこ》んでいたことでしょう。私が創価大学・学園を訪問した話に、母は熱心に耳を傾《かたむ》けたことでしょう。何より、創価学会の女性平和委員会の存在を知り、胸を躍《おど》らせていたに違《ちが》いありません。

『新・人間革命』第24巻「母の詩《うた》」の章では、長編詩「母」についてつづられています。この長編詩は、ベトナム戦争が激化《げきか》していた1971年に詠《よ》まれたものですが、現代にも語り掛《か》ける内容です。あらゆる形態の暴力が増加傾向《ぞうかけいこう》にある今、たゆまず自分自身を省《かえり》みることを、私たちに促《うなが》すからです。

　また、同章に「母は太陽」と記《しる》されています。私は、会長が折々に用いるこの比喩《ひゆ》に、いつも励まされる思いです。

　会長が示す母親の概念《がいねん》は、西洋の知的伝統や大衆文化《たいしゅうぶんか》の一部となってしまっている、女性に対するあらゆる侮辱的《ぶじょくてき》な通念《つうねん》を打ち破るものだからです。

　西洋において、女性は長らく「二流市民」と見なされてきました。さまざまな社会の変化を経て、女性に対する見方も変わってきました。しかし、こうした考えは根強く残ったままです。女性は自ら光《ひか》り輝《かがや》くのではなく、何かに照《て》らされて初めて輝くことができる存在と、今も考えられているのです。

ワイダー博士との出会いを喜ぶ池田先生ご夫妻。先生は博士の亡き母をしのぶ記念植樹を提案。博士は「樹木を愛し、伸びゆくものを愛した母も、きっと喜ぶでしょう。きょうのうれしさは、言葉にできません」と（2006 年 7 月、創価大学で）

　一方、会長は「太陽」という言葉を通し、女性（母親）たち自身が「創造者」である、という点を強調されています。

　会長が常に語られているように、太陽は、特定の人だけではなく、全ての人々を照らします。同じように母親も、全ての子どもたちを思いやり、彼らのために働き、さらに万人《ばんにん》を慈愛《じあい》の光で照らす存在なのです。

Sarah Wider
エマソン協会元会長。詩人。全米屈指の教養人学・コルゲート大学の教授として、女性学、英文学などの講座を担当。池田先生と対談集『母への讃歌――詩心と女性の時代を語る』を発刊している。

ここにフォーカス

人間のネットワーク

「母の詩《うた》」の章が、聖教新聞紙上で連載《れんさい》された2010年（平成22年）は、新語《しんご》・流行語大賞のトップ10に「イクメン」が選ばれた年です。

一方で、胸《むね》を締《し》め付《つ》けられるような児童虐待《じどうぎゃくたい》のニュースも相次《あいつ》ぎ、子育てを支える社会の構築へ、関心が高まっていました。

同章では、「子育て支援《しえん》や虐待の防止のためには、行政などの取り組みも必要不可欠《ひつようふかけつ》である。しかし、より重要なことは、地域社会の中に、共に子どもを守り、若《わか》い母親を励《はげ》まそうとする、人間のネットワークがあるかどうかではないだろうか」との指摘《してき》がなされています。

〝縁《えん》する全《すべ》ての人を幸福に〟との「太陽の心」で、創価の母たちは、あの友、この友に励《はげ》ましを送ってきました。その温《あたた》かな声掛《こえか》けが、子育てや仕事などで悩《なや》むヤング白ゆり世代を、どれほど勇気づけてきたことでしょう。

婦人部指導集『幸福の花束Ⅲ』の「発刊《はっかん》に寄《よ》せて」で、池田先生は、「幸福の春を創《つく》り広げ」ゆく創価の女性をたたえ、ヤング白ゆりの年代を、「『青春』に続く『創春《そうしゅん》』の時代」と意義づけています。

ライフスタイルや価値観が多様化する現代社会。その中で、地域に幸福の種をまく創価の女性の連帯は、「社会の希望」と光《ひか》り輝《かがや》いています。

第24巻

解説編

紙上講座

池田博正 主任副会長

動画で見る
セイキョウムービー（4分39秒）

ポイント

① **「冥《みょう》の照覧《しょうらん》」の確信**
② **人間のための宗教**
③ **「地区」強化の要点《ようてん》**

現在、女子部・白蓮《びゃくれん》グループが、「セレブレイト（祝賀《しゅくが》）期間」として、励《はげ》ましの輪《わ》を拡大しています。

池田先生は各地で開催《かいさい》されているオンラインの集《つど》いにメッセージを寄せられ、**「最高に福運《ふくうん》あふれる白蓮のいのちで、何があっても朗《ほが》らかに前へ前へと進み、友情を広げ、『新・人間革命の世紀』を照《て》らしていってください」**と万感《ばんかん》の思いを述べられました。

「厳護《げんご》」の章は、「白蓮グループ」をはじめ、男子部人材グループ「創価班」「牙城会」のメンバーにとって、任務の意義やグループの精神を深めるための重要な章です。

各グループの結成の歴史は異《こと》なります。しかし、根本精神は共通しています。**「『冥《みょう》の照覧《しょうらん》』を確信して、仏道修行に励むこと」**（146ページ）です。

そのことは、清掃《せいそう》に励む白蓮グループの姿《すがた》を見て、山本伸一《やまもとしんいち》が詠《よ》んだ**「かみくずを　ひろいし姿に　仏《ほとけ》あり」**（142ページ）との句にも端的《たんてき》に示されています。

誰《だれ》が見ていなくとも、広布への無私の献身《けんしん》を貫《つらぬ》く——その心に、功徳《くどく》・福運が積まれていきます。

今月（＝2020年10月）1日、日本の白蓮グループとブラジルの「セレジェイラ（桜）グループ」のオンライン懇談会《こんだんかい》が開催され、「厳護《げんご》」の章に記された「冥《みょう》の照覧《しょうらん》」の精神、「自発の心」を学び合いました。「冥の照覧」の精神は、世界の青年部にも受け継がれています。

また、「灯台《とうだい》」の章では、「社会部」「団地部」「農村部（現・農漁光部《のうぎょこうぶ》）」の友の奮闘《ふんとう》が描《えが》かれています。三つの部は、１９７３年（昭和48年）10月に誕生《たんじょう》しています。この時、学会は翌74年（同49年）の年間テーマを「社会の年」と掲《かか》げました。当時、中東戦争によって石油価格が急上昇《きゅうじょうしょう》し、世界は不況《ふきょう》に覆《おお》われつつありました。また、異常気象《いじょうきしょう》による、深刻《しんこく》な食糧不足《しょくりょうぶそく》にも脅《おびや》かされていました。

こうした状況《じょうきょう》の中で、創価の同志は、**「社会のテーマに、真《ま》っ向《こう》から挑《いど》み、活路を開き、人びとを勇気づけていくことこそ、仏法者《ぶっぽうしゃ》の使命《しめい》」**（291ページ）との誇《ほこ》りを胸に、職場や地域で信頼《しんらい》の輪を大きく広げていきました。

仏法を社会に開いていくことは、私たちの使命です。その根本こそ、一人一人の「人間革命」なのです。

創価の教学運動

「厳護《げんご》」の章に、教学は**「民衆《みんしゅう》の日々の生活に根差《ねざ》し、行動の規範《きはん》」**（164ページ）となるものであり、**「人生の確信、信念となり、困難《こんなん》や試練を克服《こくふく》する力《ちから》」**（同）とあります。

伸一《しんいち》は、教学運動の潮流《ちょうりゅう》をさらに広げようと、77年（同52年）を「教学の年」とすることを提案《ていあん》します。仏法の法理を世界に展開《てんかい》するためには、〝人間のための宗教〟という視座《しざ》に立ち、教学上の一つ一つの事柄《ことがら》を捉《とら》え直す必要性を感じていたのです。

同年1月15日、伸一は大阪で開催《かいさい》された教学部大会で、「仏教史観を語る」と題して記念講演を行います。この中で、**「現代において創価学会は、在家、出

家の両方に通ずる役割《やくわり》を果《は》たしている」(188ページ)、**「寺院の本義からするならば、学会の会館、研修所もまた、『現代における寺院』というべき」**(191ページ)と語ります。

ところが、宗門《しゅうもん》の僧《そう》たちは、この講演を宗門批判《ひはん》と捉《とら》え、あろうことか、学会攻撃《こうげき》の材料としました。(第27巻「正義」の章参照)

この背景《はいけい》について、作家の佐藤優《まさる》氏は、週刊誌「ＡＥＲＡ《アエラ》」(2020年10月12日号)の「池田大作研究」で論じています。「1977年に入ると日蓮正宗《にちれんしょうしゅう》の宗門僧が創価学会に対する攻撃を始めた。多くの諍《いさか》いが生じたが、その背景には、僧侶《そうりょ》が『上』、一般《いっぱん》信徒《しんと》は『下』とする宗門の宗教観と、そのようなヒエラルキーを認《みと》めない民衆宗教である創価学会の基本的価値観の対立があった」。そして、「創価学会が世界宗教として展開するために宗門との訣別《けつべつ》は不可欠だった」と結論付《けつろんづ》けています。

学会が世界宗教として飛翔《ひしょう》できたのは、「人間のための宗教」という視座に立ち返り、〝生きた教学〟を現代に蘇《よみがえ》らせたからにほかなりません。

今、世界の教学運動は同時進行です。「大白蓮華」に連載《れんさい》されている池田先生の御書講義「世界を照《て》らす太陽の仏法」は、世界中で学習され、ＳＧＩの前進の原動力となっています。仏法の哲理《てつり》が、**「創価学会員という市井《しせい》の人びとのなかに、確固たる哲学《てつがく》、思想として、生き生きと脈打《みゃくう》っている」**(164ページ)のです。

その源流《げんりゅう》には、**「仏法を、時代の要請《ようせい》に応《こた》えた『希望の哲学』として、現代社会に復権《ふっけん》させなくてはならない」**(205ページ)との、師匠《ししょう》の並々《なみなみ》ならぬ闘争《とうそう》があったことを、決して忘《わす》れてはなりません。

幹部同士の団結

今月(＝2020年10月)18日、香川・小豆島《しょうどしま》のサンフラワー地区(小豆島圏)のオンライン座談会に参加しました。

初のオンラインでの開催《かいさい》でしたが、これまで参加できなかった方《かた》も集《つど》うことができ、歓喜《かんき》あふれる座談会となりました。

この大成功の陰《かげ》には、地区部長・地区婦人部長が、担当幹部《たんとうかんぶ》と連携《れんけい》を取り合い、感染防止《かんせんぼうし》に留意しながら、地区内をくまなく訪問激励《ほうもんげきれい》に回った奮闘《ふんとう》がありました。

「人間教育」の章では、1977年（昭和52年）の活動方針《かつどうほうしん》の一つが「大ブロック（現在の地区）」の強化であり、伸一自《しんいちみずか》らが大ブロックに光を当て、リーダーを激励していく場面が描《えが》かれています。

伸一は、大ブロック強化の最も重要な点として、**「（担当で入る）幹部同士の団結」**（211ページ）を挙《あ》げます。

さらに、**「幹部が力《ちから》を合わせて、一人ひとりを徹底《てってい》して励《はげ》ますんです」**（同）、**「皆《みな》さんに声をかけ、悩《なや》みに耳を傾《かたむ》け、勇気づけ、元気づけ、抱《だ》きかかえるようにして励ましていただきたい」**（212ページ）、**「〝会長だったら、どうするか。どういう思いで、どう励ますか〟を考え、私をしのぐような激励をしてください」**（同）と、何度も「励まし」を強調しています。

ここに示されているように、「地区の強化」といっても、どこまでも「一人への励まし」に尽《つ》きます。**「人間の心こそが、すべての原動力《げんどうりょく》」**（213ページ）だからです。

「大白蓮華」（2020年）10月号の巻頭言《かんとうげん》で、池田先生は**「一隅《いちぐう》を　照《て》らす宝光《ひかり》の　励ましは　地涌《じゆ》のいのちを　未来の果《は》てまで」**と詠《よ》まれました。

今月から、「励まし週間」も再開しました。一人一人が真心の励ましに徹し、わが「誓願《せいがん》の地区」から希望の光を放《はな》ってまいりましょう。

名言集

平和の原点《げんてん》

わが子を愛《あい》し、慈《いつく》しむ母の心には、敵も味方もない。それは、人間愛と平和の原点《げんてん》である。

（「母の詩《うた》」の章、47ジペー）

訓練《くんれん》の大切さ

頭《あたま》で理解し、わかっていることと、実際にできることとは違《ちが》う。災害《さいがい》の時なども、知識《ちしき》はあっても、いざとなると、体がすくんで動けなくなるケースが少なくない。訓練《くんれん》を繰《く》り返《かえ》し、習熟《しゅうじゅく》していってこそ、教えられたことが、実際に行《おこな》えるようになるのだ。訓練とは、体で、生命《いのち》で習得していくことである。

（「厳護《げんご》」の章、157ジペー）

座談会《ざだんかい》

座談会《ざだんかい》は、創価学会の大地である。この大地がよく耕《たがや》され、肥沃《ひよく》になってこそ、木々も生《お》い茂《しげ》り、花も咲《さ》き、果実《かじつ》も実《みの》るのだ。

（「人間教育」の章、202ジペー）

人間教育の場

創価学会は、自分を磨《みが》き高め、真の人間の生き方と、社会建設の道を教える、人間教育の場である。

（「人間教育」の章、210ジペー）

創価の使命《しめい》

あきらめと無気力《むきりょく》の闇《やみ》に包《つつ》まれた時代の閉塞《へいそく》を破《やぶ》るのは、人間の英知《えいち》と信念《しんねん》の光彩《こうさい》だ。一人ひとりが、あの地、この地で、蘇生《そせい》の光を送る灯台《とうだい》となって、社会の航路《こうろ》を照《て》らし出すのだ。そこに、創価学会の使命《しめい》がある。

（「灯台」の章、374ジペー）

緑輝く山形県の田園風景（1987年7月、池田先生撮影）。「灯台」の章には、山本伸一が74年9月、同県・東根市の果樹園を訪れ、農業に従事する友と懇談する模様が描かれている

〝世界のすべての母たちをたたえたい〟――創価世界女性会館にある「母」の銘板の前で、「母」と〝大楠公〟をピアノ演奏する池田先生。香峯子夫人が笑顔で見守る（2016年6月25日、東京・信濃町で）

『新・人間革命』

第25巻

「聖教新聞」連載
（2011年9月1日付〜2012年6月14日付）

第25巻

基礎資料編

各章のあらすじ

物語の時期

1977年（昭和52年）3月11日～5月29日

「福光《ふっこう》」の章

1977年(昭和52年)3月11日、山本伸一《やまもとしんいち》は完成したばかりの福島文化会館を訪問《ほうもん》。出迎《でむか》えた東北長、福島県長らに青年育成の在《あ》り方《かた》などを語り、夜には、開館記念勤行会に臨《のぞ》む。席上、8年前に示した「希望に燃えて前進する福島」などの3指針《ししん》の意義を確認《かくにん》する。また、「福島に、東北に、幸せの春よ来い!」と祈りを託《たく》して、ピアノを演奏《えんそう》する。

県・圏の代表との懇談会《こんだんかい》では、リーダーの姿勢《しせい》や団結の重要性などを語る。さらに青年部には、信《しん》仰《こう》への絶対の確信をつかむよう訴《うった》えた。

翌日《よくじつ》の懇談会では、かつて文京支部員であった婦人たちを励《はげ》ます。文京支部に所属する福島の同志は、57年(同32年)7月、伸一が大阪事件で不当逮捕《たいほ》された折、支部長代理である彼の獄中闘争《ごくちゅうとうそう》を思い、伸一が打ち出した〝一班一〇《いっぱんいちまる》闘争《とうそう》〟(班10世帯の弘教)に奔走《ほんそう》。全《ぜん》国模範《こくもはん》の結果を示したのである。

13日、「3・16」の意義を込《こ》めた福島県青年部の記念集会では、「これだけの青年が、人びとの勇気の原動力となり、未来を照《て》らす福光《ふっこう》の光源《こうげん》となっていくなら、福島は盤石《ばんじゃく》です」と期待を寄せる。

「共戦」の章

１９７７年(昭和52年)、山本伸一《やまもとしんいち》は、全国各地に完成した新会館の開館記念勤行会に相次《あいつ》ぎ出席。５月18日には、九州平和会館での本部幹部会へ。人材育成とともに、年配の功労者への温かな配慮《はいりょ》を訴《うった》える。

翌日《よくじつ》、伸一は「第二の山口開拓《かいたく》指導」の決意で山口文化会館へ。56年（同31年）10月から57年1月の山口開拓指導は、伸一の指揮《しき》のもと実施《じっし》された広布史上に燦然《さんぜん》と輝《かがや》く大闘争《だいとうそう》である。

夕方に行われた懇談会《こんだんかい》では、山口開拓指導の「共戦」の同志に、「人生の総仕上げ」について指導。第一に報恩感謝《ほうおんかんしゃ》の思いで、命ある限り広宣流布に生き抜《いぬ》く。第二にそれぞれが幸福の実証《じっしょう》を示す。第三に広宣流布の後継者《こうけいしゃ》を育て残していくことが重要である、と訴えた。

懇談会終了後《しゅうりょうご》、伸一は、山口市内を視察《しさつ》。サビエル記念聖堂《せいどう》の近くで、フランシスコ・ザビエルの日本での布教活動に思いをはせる。そして、世界広布のために死《し》身弘法《しんぐほう》の信念に立つ、真の信仰者《しんこうしゃ》の育成を誓《ちか》う。

さらに伸一は、山口文化会館や徳山文化会館、防府《ほうふ》会館を訪《おとず》れ、一人一人の同志の心に不退の火をともしていった。

１９７７年（昭和52年）５月22日、北九州文化会館での句碑《くひ》の除幕《じょまく》で、山本伸一《やまもとしんいち》は、“先駆《せんく》”の九州の使命《しめい》は最後まで常に“先駆”であり続けることにあると語る。

本部幹部会で司会を務《つと》めた福岡県男子部長との語らいから、司会の在《あ》り方《かた》、勤行の副導師の基本についても指導する。また、歯科医の青年たちを激励《げきれい》。

翌《よく》23日は北九州での支部結成17周年を記念する勤行会へ。24日は福岡県の功労者追善《ついぜん》法要に出席。その後、小倉《こくら》南区の田部《たべ》会館でメンバーと共に勤行し、励《はげ》ます。

25日、佐賀県を10年ぶりに訪問《ほうもん》した伸一は、佐賀文化会館での懇談会に創価大学の現役生、卒業生の代表を招《まね》き、“皆《みな》が開拓者《かいたくしゃ》に！”と励ます。26日には佐賀文化会館の開館記念勤行会が行われた。伸一は明るく、晴れやかな集いにするために県長に歌を歌うことを提案。その後の懇談会でも、各部のリーダーを全力で激励する。

懇談会が終わると、婦人部員との約束を果たすために、彼女の夫が営《いとな》む理容店《りようてん》へ。

誠実《せいじつ》な伸一の姿《すがた》を目《ま》の当《あ》たりにした夫は、やがて真剣《しんけん》に活動するように。伸一が行くところ、蘇生《そせい》と歓喜《かんき》のドラマが広がった。

「薫風《くんぷう》」の章

　１９７７年（昭和52年）５月27日、山本伸一《やまもとしんいち》は、熊本文化会館へ。会館由来の碑《ひ》等の除幕式《じょまくしき》から青年の育成を開始。

　幹部《かんぶ》との懇談《こんだん》で、人材の根本要件は、広宣流布の師弟の道に生き抜《ぬ》く人であるとし、先輩《せんぱい》幹部が実践《じっせん》をもって同志を触発《しょくはつ》していくことが大切であると述べた。

　翌《よく》28日の熊本文化会館の開館記念勤行会では、「人材の熊本」を合言葉に前進するよう指導する。

　夕刻《ゆうこく》の本部長らとの懇談会では、かつて伸一が熊本への第一歩をしるした三角《みすみ》の同志の活躍《かつやく》や、玉名《たまな》の兄弟の宿命転換《しゅくめいてんかん》のドラマ、63年（同38年）に集中豪雨《ごうう》に遭《あ》った五木《いつき》の同

「人材城」の章

志の奮闘《ふんとう》の報告に耳を傾《かたむ》ける。伸一は、五木村に伝わる「五木の子守唄《うた》」から、子どもたちの幸福のために教育改革《きょういくかいかく》に立ち上がった牧口常三《まきぐちつねさぶ》郎《ろう》を思い、断じて不幸をなくそうというのが創価教育の原点であり、学会の心であると訴《うった》える。さらに、未入会の父がいる医学生を励《はげ》ます。
　懇談会後も、城の石垣《いしがき》を例に、多《た》彩《さい》な人材の育成と異体同心《いたいどうしん》の団結によって、難攻不落《なんこうふらく》の創価城ができると語る。
　翌29日、伸一は、熊本を出発するまで、ピアノを弾《ひ》き、共に勤行《ごんぎょう》するなど入魂《にゅうこん》の激励《げきれい》を重ねる。

山本伸一の激《げき》励《れい》行《こう》

福島

福島文化会館（当時）の開館記念勤行会で、同志と万歳を（1977 年 3 月 11 日）

山口

山口・防府会館を訪れ、オルガンで「熱原の三烈士」などを演奏し、激励した（同年 5 月 21 日）

福岡

北九州訪問を終え、出発する間際まで、友に手を振る（同年 5 月 25 日、福岡の北九州文化会館〈当時〉で）

佐賀

未来部員に万感の励ましを送る（同年 5 月 26 日、佐賀文化会館で）

熊本

「太平洋のような大きな心で信心に励んでください」とあいさつし、「荒城の月」等を奏でた（同年 5 月 29 日、熊本文化会館で）

学会のシンボルマーク

1977 年（昭和 52 年） 3 月 19 日、聖教新聞で、新時代を象徴《しょうちょう》する、八《はち》葉蓮華《ようれんげ》をデザインした創価学会の新しいシンボルマークが発表された。

「八葉の花模様《もよう》が、幾重《いくえ》にも広がりをみせる姿《すがた》は『八とは色心《しきしん》を妙法《みょうほう》と開くなり』（御書七四五ページ）の意義を踏《ふ》まえ、一人一人の生命の仏界を開き顕《あらわ》し、また日蓮大聖人《にちれんだいしょうにん》の妙法が未来永劫《みらいえいごう》に世界を包《つつ》んで流布していく様相《ようそう》を表象《ひょうしょう》している」

（「共戦」の章、106ページ）

九州の句碑《くひ》

北九州平和会館にある句碑

1977 年（昭和 52 年）5 月 22 日、北九州文化会館（現・北九州平和会館）の庭で、句碑《くひ》の除幕《じょまく》が行われた。

碑に刻《きざ》まれた「九州が　ありて二章の船出かな」との句は、73 年（同 48 年）3 月 21 日に開催《かいさい》された第 1 回「九州青年部総会」を記念して、池田先生が詠《よ》んだ。総会終了後、先生は「学会の原型は九州にある。九州から新風を起こして、学会を守り支えてください」と期待を語った。

山口開拓指導《かいたくしどう》

1956 年（昭和 31 年）10 月、11 月、翌 57 年（同 32 年）1 月の 3 度にわたって展開《てんかい》された「山口開拓指導《かいたくしどう》」。延《の》べ 22 日間で、山口の会員世帯数を約 10 倍にする弘教《ぐきょう》を達成した。

「共戦」の章では、**「戸田城聖《とだじょうせい》と伸一《しんいち》の師弟の魂《たましい》の結合、さらに、伸一を中心とした同志の結合――それが、あの山口開拓指導の大勝利を打ち立てたのだ」**（174ページ）など、「山口開拓指導」の魂がつづられている。

山口開拓指導の陣頭指揮を執る若き日の池田先生（1956年11月16日、山口・柳井市内で）

第25巻

名場面編

「福光《ふっこう》」の章　雨中《うちゅう》に燃え立つ広布の闘魂《とうこん》

〈1957年（昭和32年）7月、青年部の室長の山本伸一《やまもとしんいち》は、大阪事件で不当逮捕《ふとうたいほ》される。文京支部に所属する福島の同志は、支部長代理を務《つと》める伸一が打ち出した〝一班一〇闘争《いっぱんいちまるとうそう》〟（班10世帯の弘教《ぐきょう》）の大勝利を、いっそう固く誓《ちか》い合《あ》い、奮闘《ふんとう》した〉

メンバーのなかに、一カ月前に、勤《つと》めていた会社が倒産《とうさん》してしまった壮年がいた。二人の子どもは病弱で、生活は逼迫《ひっぱく》していた。

その彼が、弘教のために、二十キロほど離《はな》れた友人宅《たく》を訪《おとず》れた。話に夢中になり、終列車《しゅうれっしゃ》を逃《のが》してしまった。やむなく、列車の線路に沿《そ》って歩き始めた。

彼は、この日、仏法対話の最後に、友人が放《はな》った言葉が、胸《むね》に突《つ》き刺《さ》さっていた。

「人の家に、宗教《しゅうきょう》の話なんかしに来る前に、自分の仕事を見つけてこいよ。それに、そんなに、すごい信心なら、なぜ、子どもが病気ばかりしているんだ！」（中略）

友人は、終始、薄笑《うすわら》いを浮《う》かべ、蔑《さげす》むような言い方であった。

夜道を歩き始めると、無性に悔《くや》しさが込《こ》み上げ、涙《なみだ》があふれて仕方がなかった。

涙に濡《ぬ》れた頬《ほお》に、ピシャリと水が滴《したた》り落ちた。雨だ。あいにく傘《かさ》は持っていなかった。雨は、次第《しだい》に激《はげ》しくなっていった。（中略）

二時間ほど歩いたころ、文京支部の会合で山本伸一に激励《げきれい》されたことを、ふと、思い起こした。

「折伏《しゃくぶく》に行って、悪口《わるくち》を言われ、時には、罵《め》詈罵倒《りばとう》されることもあるでしょう。また、悔しい思いをすることもあるでしょう。それは、すべて、経文通《きょうもんどお》り、御書に仰《おお》せ通りのことなんです。その時に、負《ま》けるものかと、歯《は》を食《く》いしばって頑張《がんば》り続けることによって、過去世《かこせ》からの罪障《ざいしょう》が消滅《しょうめつ》できるんです。仏道修行《ぶつどうしゅぎょう》は、罪障消滅、宿命転換《しゅくめいてんかん》のためでもあるんです。そう確《かく》信《しん》できれば、『苦《く》』もまた、楽《たの》しいではありませんか！」

壮年は、伸一《しんいち》の指導《しどう》を思い返すうちに、〝山本室長は、今ごろ、どうされているのだろうか〟と思った。（中略）

〝室長は、学会の正義を叫《さけ》び、必死に獄中闘《ごくちゅうとう》争《そう》を展開《てんかい》されている……。その室長と比《くら》べれば、自分は、なんと恵《めぐ》まれた環境《かんきょう》にいるんだろう。こんなことで、弱気になったり、負けてしまったら、室長は慨嘆《がいたん》されるにちがいない。負けるものか！　明日《あした》こそ、必《かなら》ず折伏《しゃくぶく》を実《みの》らせてみせる。室長、見ていてください！〟（中略）

雨は、一段《いちだん》と激しく降《ふ》り続《つづ》いていた。

しかし、壮年は、意気揚々《いきようよう》と大股《おおまた》で歩きだした。そして、雨に負けじと、学会歌を歌い始めた。広宣流布への闘魂《とうこん》は、この雨のなかで、強く、激しく、燃え上がったのである。

（「**福光**《ふっこう》」の章、**72～74**ページ）

「共戦」の章　学会は尊極《そんごく》の庶民《しょみん》の団体

〈1956年（昭和31年）秋から山口開拓指導《かいたくしどう》が展開《てんかい》され、山本伸一《やまもとしんいち》の激励《げきれい》で数多くの同志が立ち上がった。防府《ほうふ》で行われた座談会《ざだんかい》では、伸一はさまざまな質問に答え、活況《かっきょう》を呈《てい》した〉

伸一が語るにつれて、参加者の疑問《ぎもん》は氷解《ひょうかい》し、会場は、希望と蘇生《そせい》の光《ひかり》に包《つつ》まれていった。

質問が一段落《いちだんらく》したころ、口《くち》ヒゲをはやした一人の壮年が発言した。友人として参加していた地域の有力者であった。

「わしは、ここにおる者のように、金《かね》には困《こま》っとらん。今、思案しとるのは、これから、どんな事業をしようかということじゃ。ひとつ、考えてくれんか！」

参加者を見下《みくだ》したような、傲岸不遜《ごうがんふそん》な態度《たいど》である。（中略）

伸一の鋭《するど》い声が響《ひび》いた。

「学会は、不幸な人びとの味方です。あなたのように、人間を表面的な姿《すがた》や立場、肩書《かたがき》で見て、蔑《さげす》んでいるような人には、いつまでも、学会のことも、仏法もわかりません！」

地域の有力者は、伸一の厳《きび》しい言葉にたじろぎ、あっけに取られたように、目をぱちくりさせていた。伸一は、諄々《じゅんじゅん》と語り始めた。

「ここにおられる同志の多くは、経済的《けいざいてき》に窮《きゅう》地《ち》に立ったり、病《やまい》で苦しまれています。

しかし、その苦悩《くのう》をいかに乗《の》り越《こ》えていこうかと、真剣《しんけん》に悩《なや》み、考えておられる。しかも、自《みずか》ら、そうした悩みをかかえながら、みんなを幸せにしようと、冷笑《れいしょう》されたり、悪口《わるくち》を言われながらも、日々、奔走《ほんそう》されている。わずかな財《ざい》産《さん》を鼻《はな》にかけ、威張《いば》りくさっているような生《い》き方《かた》とは対極《たいきょく》にある、最《もっと》も清《きよ》らかで尊《とうと》い生き方ではありませんか！

仏法《ぶっぽう》というのは、何が本当《ほんとう》の幸福《こうふく》なのか、何

が人間《にんげん》にとって最高《さいこう》の善《ぜん》なのか、何が真実《しんじつ》の人間の道《みち》かを、説《と》いているんです。社会《しゃかい》では、ともすれば、金銭《きんせん》や地位《ちい》、名誉《めいよ》にばかり目を奪《うば》われ、〝心《こころ》の財《たから》〟が見失《みうしな》われてしまっている。しかし、本当に人間が幸福になるには〝心の財《たから》〟を積《つ》むしかない。心を磨《みが》き、輝《かがや》かせて、何ものにも負けない自分自身をつくっていくのが仏法なんです。その仏法を弘《ひろ》め、この世から、不幸をなくしていこうというのが、学会なんです」（中略）

話が終わると、大拍手《だいはくしゅ》に包まれ、友人のほとんどが入会を希望した。有力者の壮年も感服《かんぷく》し、入会を決意した。（中略）

有力者の壮年は、興奮《こうふん》を抑《おさ》えきれない様子で語った。（中略）

「すごい青年がいるもんじゃ。一言一言《ひとことひとこと》、胸《むね》をドンと突《つ》かれるようで、後ろにひっくり返りそうで、こうやって、手を畳《たたみ》について、体を支えておったんじゃ。こりゃあ、本当にすごい宗《しゅう》教《きょう》かもしれんぞ！」

（「共戦」の章、136～138ページ）

「薫風《くんぷう》」の章　同苦《どうく》の励《はげ》ましが心を動かす

〈酒田英吉《さかたひでよし》も、山口開拓指導《かいたくしどう》の折《おり》に、山本伸一《やまもとしんいち》の激励《げきれい》を受けた一人だった。彼は山本室長に会うため、40キロほどの道のりをバイクで駆《か》け、伸一のいる旅館に向かった〉

彼（＝酒田英吉）が旅館に到着《とうちゃく》すると、座談《ざだん》会《かい》が行《おこな》われていた。伸一は、酒田に優《やさ》しい眼差《まなざ》しを向けて、頷《うなず》いた。酒田は、じゃまにならないように、会場《かいじょう》の端《はし》に座《すわ》った。

幾《いく》つかの信仰体験《しんこうたいけん》が語《かた》られたあと、目の不自《ふじ》由《ゆう》な一人の婦人が手をあげて質問した。

――子どもの時に失明《しつめい》し、入会して信心に励《はげ》むようになって一カ月ぐらいしたころ、少し視《し》力《りょく》が回復した。しかし、このごろになって、また、元に戻《もど》ってしまった。果《は》たして、目は治《なお》るのかという質問である。

〝室長は、なんと答《こた》えるのか……〟

酒田は、固唾《かたず》をのんで見ていた。

伸一は、その婦人の近くに歩み寄って、婦人の顔をじっと見つめた。そして、彼女の苦悩《くのう》が自分の苦悩であるかのように、愁《うれ》いを含《ふく》んだ声で言った。

「辛《つら》いでしょう。本当に苦しいでしょう」

彼は、婦人の手を取って、部屋に安置《あんち》してあった御本尊の前に進んだ。

「一緒《いっしょ》に、お題目を三唱しましょう」

伸一の唱題の声が響《ひび》いた。全生命力を絞《しぼ》り出《だ》すような、力強《ちからづよ》い、気迫《きはく》のこもった、朗々《ろうろう》たる声であった。婦人も唱和《しょうわ》した。

それから、伸一は、諄々《じゅんじゅん》と語っていった。

「どこまでも御本尊を信《しん》じ抜《ぬ》いて、祈りきっていくことです。心が揺《ゆ》れ、不信をいだきながらの信心では、願いも叶《かな》わないし、宿命《しゅくめい》の転換《てんかん》もできません。御本尊の力は絶対《ぜったい》です。万人《ばんにん》が幸福《こうふく》になるための仏法《ぶっぽう》なんです！

あなたは、自分も幸せになり、人びとも幸せにしていく使命《しめい》をもって生まれた地涌《じゆ》の菩薩《ぼさつ》なんです。仏《ほとけ》なんです。一切の苦悩は、それを乗《の》り越《こ》えて、仏法の真実を証明していくために、あえて背負《せお》ってきたものなんです。仏が、地涌の菩薩が、不幸《ふこう》のまま、人生《じんせい》が終《お》わるわけがないではありませんか！

　何があっても、負けてはいけません。勝つんですよ。勝って、幸せになるんですよ」

　誰《だれ》もが、伸一《しんいち》のほとばしる慈愛《じあい》を感じた。婦人の目には、涙《なみだ》があふれ、悲愴《ひそう》だった顔が明るく輝《かがや》いていた。

　酒田は、指導《しどう》、激励《げきれい》の〝魂《たましい》〟を見た思いがした。

　〝指導というのは、慈悲《じひ》なんだ。同苦《どうく》する心なんだ。確信なんだ。その生命が相手の心を揺り動かし、勇気を呼《よ》び覚《さ》ましていくんだ！〟

（「**薫風**《くんぷう》」の章、277～279ページ）

「人材城」の章　青年よ、未来のために学べ

〈1977年（昭和52年）5月、山本《やまもと》伸一《しんいち》はオープン間もない熊本文化会館《かいかん》へ。到着後《とうちゃくご》すぐに、石碑《せきひ》の除幕式《じょまくしき》に臨《のぞ》んだ〉

歴代会長の文字を刻《きざ》んだ石碑、熊本文化会館の由来《ゆらい》の碑が次々と除幕された。

「じゃあ、県の青年部長！　この碑文を皆さんに読んで差し上げて！」

突然《とつぜん》の指名であった。県青年部長の勝山平八郎《かつやまへいはちろう》は、驚《おどろ》き慌《あわ》てた。しかし、「はい！」と言って、碑の前に進み出た。

既《すで》に、この時から、伸一の、青年への育成《いくせい》が始《はじ》まっていたのだ。

由来を読む勝山の、大きな声が響《ひび》いた。

「熊本文化会館　由来
懐《なつ》かしき雄大《ゆうだい》なる阿蘇《あそ》の噴煙《ふんえん》……」

（中略）三行ほど読んだ時、言葉がつかえた。

「法旗翩翻《ほうきへんぽん》と」の「翩翻」の読み方が、頭に浮《う》かんで来ないのだ。思い出すまでに、二、三秒かかった。さらに、その数行あとの「聳《そび》ゆ」でつまずき、最後の段落の「冀《こいねがわ》くは」で、また、口《くち》ごもってしまったのである。

読み終わった勝山の額《ひたい》には、汗《あせ》が噴《ふ》き出《で》ていた。伸一は、勝山に言った。

「県青年部長が、会館の由来も、朗々《ろうろう》と読めないのでは、みっともないよ。県の中心会館となるのが熊本文化会館なんだから、碑文は事前によく読んで、しっかり、頭のなかに刻みつけておくんです。急に言われて、上がってしまったのかもしれないが、そういう努力、勉強が大事なんです。

戸田《とだ》先生の、青年に対する訓練は、本当に厳《きび》しかった。

『勉強しない者《もの》は、私の弟子《でし》ではない。私と話《はな》す資格《しかく》もない』とさえ言われていた。

お会いした時には、必《かなら》ず、『今、なんの本を読んでいるんだ』とお聞きになる。いい加減《かげん》に、本の名前をあげると、『では、その作品は、どんな内容《ないよう》なんだ。内容を要約《ようやく》して言いなさい』と言われてしまう。ごまかしなんか、一切、通用しませんでした。

戸田《とだ》先生が厳愛《げんあい》をもって育《はぐく》んでくださったおかげで、今日《こんにち》の私があるんです。青年は、未来のために、どんなに忙《いそが》しくても、日々、猛勉強《もうべんきょう》するんだよ」

青年部のメンバーは、全員が創価学会の後継《こうけい》者《しゃ》であり、次代の社会を担《にな》うリーダーたちである。ましてや、県青年部長といえば、各県の青年の要《かなめ》である。県の各界《かっかい》の要人《ようじん》と会い、対話する機会《きかい》も少《すく》なくない。

それだけに伸一《しんいち》は、教養《きょうよう》を深く身につけ、一流の人材に育ってほしかった。だから、あえて、厳《きび》しく指導《しどう》したのだ。

（**「人材城」**の章、308～310㌻）

第25巻

御書編

行動で手本《てほん》示《しめ》し青年を育成

御文

上野殿御返事《うえのどのごへんじ》　御書1574㌻

人のものををし《教》ふると申《もう》すは車のおも《重》けれども油《あぶら》をぬりてまわり・ふね《船》を水にうかべてゆき《往》やすきやうにをしへ候《そうろう》なり

通解

人がものを教えるというのは、車が重《おも》かったとしても油《あぶら》を塗《ぬ》ることによって回り、船を水に浮《う》かべて行きやすくするように教えるのである。

小説の場面から

〈1977年（昭和52年）3月11日、山本伸一《やまもとしんいち》は福島県を訪問《ほうもん》。県長らに、青年育成の要諦《ようてい》について語った〉

「弘教《ぐきょう》に限らず、あらゆる活動を進めるうえで大事なのは、〝なんのためか〟を明らかにし、確認《かくにん》し合っていくことです。それによって皆《みな》が、軌道《きどう》を外《はず》れることなく前進することができるし、力《ちから》を発揮《はっき》することができる。

でも、全く弘教をしたことがない青年に、折伏《しゃくぶく》の意義を教え、『頑張《がんば》ってください』といえば、実践《じっせん》できるかというと、そうではありません。それだけでは、多くの人が、〝自分にはできない〟と思うでしょう。

したがって、実際に、仏法をどう語っていけばよいのか、教えていかなければならない。それには、先輩《せんぱい》である壮年や婦人は、自分はこうして折伏してきたという、ありのままの体験を語っていくことです。

また、青年と共に仏法対話し、実践《じっせん》のなかで、具体的にどうすればよいか、手本《てほん》を示《しめ》しながら教えていくことも必要です。つまり、青年たちが、〝そうか。こうすればいいのか。これならば私にもできる。よし、やってみよう！〟と思えるかどうかなんです。

人は、〝とても自分には無理だ〟と思えば、行動をためらってしまう。しかし、〝できそうだ〟と思えば、行動することができる」

（中略）

行動をためらわせているものは何かを見極《みきわ》め、それを取《と》り除《のぞ》き、勇気を奮《ふる》い立《た》たせることが、激励《げきれい》であり、指導《しどう》である。

（「福光《ふっこう》」の章、21〜22ﾍﾟｰｼﾞ）

生涯《しょうがい》、広布の模範《もはん》たれ！

御文

四条金吾殿御返事《しじょうきんごどののごへんじ》　御書1136ジペー

受《う》くるは・やすく持《たも》つはかたし・さる間《あいだ》・成仏《じょうぶつ》は持つにあり

通解

〈法華経を〉「受《う》ける」ことは易《やさ》しく、「持《たも》つ」ことは難《むずか》しい。ゆえに、成仏《じょうぶつ》は持《たも》ち続けることにある。

小説の場面から

〈1977年（昭和52年）5月19日、山口県を訪《おとず》れた山本伸一《やまもとしんいち》は、山口開拓指導《かいたくしどう》を共《とも》に戦った草創《そうそう》の同志たちと懇談《こんだん》した〉

「当時、四十代、五十代であった方々《かたがた》が、今は六十代、七十代となり、人生の総仕上《そうしあ》げの時代に入った。したがって、〝総仕上げ〟とは、いかなる生き方を意味するのか、少しお話しさせていただきます。

（中略）

第一に、報恩感謝《ほうおんかんしゃ》の思いで、命ある限り、広宣流布に生《い》き抜《ぬ》き、信仰《しんこう》を完結させることです。役職は変わったとしても、信心には引退も、卒業もありません。〝去《さ》って去らず〟です。

そうでなければ、これまでの決意も誓《ちか》いも、人にも訴《うった》えてきたことも、結局《けっきょく》は、すべて嘘《うそ》になってしまう。後退の姿《すがた》を見れば、多くの後輩《こうはい》が失望し、落胆《らくたん》します。そして、それは、仏法への不信の因にもなっていきます。

（中略）

学会員は皆《みな》、長年、信心してきた先輩《せんぱい》たちが、どんな生き方をするのか、じっと見ています。ゆえに、学会と仏法の、真実と正義を証明していくために、幹部《かんぶ》だった人には、終生《しゅうせい》、同志の生き方の手本《てほん》となっていく使命《しめい》と責任があるんです。

もちろん、年とともに、体力も衰《おとろ》えていくでしょう。足腰《あしこし》も弱くなり、歩くのも大変な方《かた》も増えていくでしょう。それは、自然《しぜん》の摂理《せつり》です。恥《は》じることではありませんし、無理をする必要もありません。ただ、どうなろうとも、自分なりに、同志を励《はげ》まし、法を説《と》き、広宣流布のために働いていくんです」

（「共戦」の章、149〜150ページ）

私の読後感
識者が語る

小説家・劇作家
柳《ゆう》 美《み》里《り》氏

今、求められる「創価」の力《ちから》

私は、「物語」を必要とする人は、苦しみを抱《かか》えている人だと考えています。小説を読むということは、別の世界の扉《とびら》を開いて、その世界に入《はい》り込《こ》むということです。

池田会長は、今、苦しみや、悲しみに沈《しず》んでいる人々のために、小説という形で、もう一つの世界への扉を用意されたのだと思います。

第25巻「福光《ふっこう》」の章には、山本《やまもと》伸一《しんいち》の東北・福島県への訪問《ほうもん》が描《えが》かれています。特に印象的だったのは、冒頭《ぼうとう》から冷害や干《かん》ばつ、地《じ》震《しん》・津波《つなみ》など、東北の苦難《くなん》の歴史について、つづられていることです。

また、戸田城聖《とだじょうせい》第2代会長の言葉を引用して、「大難《だいなん》が競《きそ》い起こらなければ、本当の広宣流布はできない」とあります。池田会長は小説を通して、苦難や大難から、立ち上がることを訴《うった》えられています。

小説を貫《つらぬ》いて、山本伸一の行動の根底には、「同苦《どうく》」があります。東日本大震災《だいしんさい》後、〝絆《きずな》〟や〝がんばろう〟という言葉が流行しました。ですが、どこか違和感《いわかん》を持った人も多かったのは、そこに被災者《ひさいしゃ》に寄《よ》り添《そ》う、「同苦」の心が足《た》りなかったからではないでしょうか。

「福光」の章は、伸一が、東北の苦しみを、共に分かち合おうとすることから始まります。だからこそ、読者の心に響《ひび》くのだと思います。

東日本大震災によって、福島は分断されてしまいました。家族と離《はな》ればなれになり、不安な避難生《ひなんせい》活《かつ》を強《し》いられ、人間関係にも障害《しょうがい》が生まれました。

　悲しみや苦しみを、自分一人で抱《かか》え込《こ》み、表に出せない。その苦《く》悩《のう》の中で、窒息《ちっそく》してしまったり、溺《おぼ》れたりしてしまう——。人間にとって、一番苦しくて、つらいのは、「孤絶《こぜつ》」です。自分の苦しみを誰《だれ》も理解してくれないことです。

　創価学会の座談会《ざだんかい》は、そこに行けば、学会員が抱《だ》きかかえるように励《はげ》まし、「同苦」してくれる。実は、その役割《やくわり》が、ものすごく重要です。大きな災害など、苦難の中でこそ、真価を発揮《はっき》するのが、座談会なのだと思います。

　コロナ禍《か》で、フィジカルディスタンス（身体的距離《きょり》）がいわれるようになりました。その中で、いかに「心の密《みつ》な関係」という「価値《かち》」を「創造《そうぞう》」していくか——この「創価」の力《ちから》が今、求められています。

　「新たな生活様式」の「様式」とは「型」のことです。「型」が先にあって、そこに「人間」をはめ込んでしまえば、いずれ社会は行き詰《づ》まってしまう。

　だからこそ、「どのように生きるか」ということから出発しなければなりません。問われているのは、「人間の変革《へんかく》」なのです。

1977 年 3 月、山本伸一は、福島文化会館の開館記念勤行会で、〝難に立ち向かう、強盛な信心を〟と指導。終了後も、参加者を全身全霊で激励した

ゆう・みり
1997年『家族シネマ』で第116回芥川賞を受賞。近著に『南相馬メドレー』（第三文明社）、『沈黙の作法』（河出書房新社）など。2018年4月から福島県南相馬市小高区で書店「フルハウス」を運営している。

ここにフォーカス

被災者《ひさいしゃ》に希望届《とど》けた連載《れんさい》

2011年（平成23年）3月11日、東日本大震災《だいしんさい》が発生。あまりにも多くの生命が突然失《とつぜんうしな》われ、それまでの日常が一変《いっぺん》しました。福島では原発事故の影響《えいきょう》もあり、先が見えない日々が続きました。

そんな中、同年9月1日から、福島を舞台《ぶたい》とした、「福光《ふっこう》」の章の連載《れんさい》がスタートしました。

「春を告《つ》げよう！／新生《しんせい》の春を告げよう！／厳寒《げんかん》の冬に耐《た》え、／凍《い》てた大地を突《つ》き破《やぶ》り、／希望の若芽《わかめ》が、／さっそうと萌《も》えいずる春を告げよう！」

この一節で始まる同章は、被災《ひさい》した方々の大きな希望となりました。「第1回を読み、泣けて仕方《しかた》がなかった」――連載開始直後から、東北をはじめ、多くの読者から感想と決意が寄せられました。他県での避難生活《ひなんせいかつ》を余儀《よぎ》なくされた福島の婦人は、「〝師匠《ししょう》は、福島の勝利、東北の勝利を信じ、見守ってくださっている〟と思うと、感激《かんげき》の涙《なみだ》で文字が見えなくなりました」と前進を誓《ちか》いました。

「福光」の章には、リーダーの在《あ》り方《かた》、青年の育成、団結の要諦《ようてい》など、学会活動の基本姿勢《きほんしせい》が描《えが》かれています。

震災《しんさい》という最も苦しい時に、東北の同志は同章を学び、苦難《くなん》を一つ一つ乗《の》り越《こ》えてきました。その不屈《ふくつ》の前進は、世界中の〝「新・人間革命」世代〟にとっても、模範《もはん》の生き方として輝《かがや》いています。

第25巻

解説編

紙上講座

池田博正 主任副会長

ポイント

① **学会創立100周年へ**
② **「福光《ふっこう》」の章の意義《いぎ》**
③ **「後継者《こうけいしゃ》」の使命《しめい》**

学会創立《そうりつ》90周年から100周年の「11・18」へ――「新たな青年学会建設《けんせつ》の10年」がスタートしました。

創立100周年に向けての幕開《まくあ》けとなる「希望・勝利の年」は、「3・5」壮年部結成55周年、「6・10」婦人部結成70周年とともに、「7・11」男子部結成70周年、「7・19」女子部結成70周年と、幾重《いくえ》にも意義深き佳節《かせつ》を迎《むか》えます。

動画で見る
セイキョウムービー（4分53秒）

さらに、池田先生が広布の金字塔《きんじとう》を築かれた「大阪の戦い」「山口開拓指導《かいたくしどう》」65周年とも重《かさ》なります。

「人材城」の章では、学会の記念日の意義について、**「大事なことは、その淵源《えんげん》に立ち返り、歴史と精神を子々孫々にまで伝え、毎年、新しい決意で出発していくこと」**（333ページ）であり、**「すべて現在の力《ちから》へと変えていってこそ、意味をもつ」**（同）と強調《きょうちょう》されています。

学会は、5・3「創価学会の日」と11・18「創価学会創立記念日」を前進のリズムとして、広布の歴史を刻《きざ》んできました。

「広布の記念日」は、単なる〝過去の歴史〟ではありません。大切なことは、誓《ちか》いを立て、新たな挑戦を開始することです。「広布の記念日」は、〝未来へのスタート地点〟の意義があるのです。

第25巻では、福島、山口、福岡、佐賀、熊本での山本伸一《やまもとしんいち》の激励行《げきれいこう》が描《えが》かれていきます。彼は**「今こそ、全同志の心に、万年《まんねん》にわたる信心の堅固《けんご》な礎《いしずえ》を築かなくてはならない」**（107㌻）と決意します。

当時、全国各地に学会の会館が誕生《たんじょう》し、広宣流布は新たな段階《だんかい》を迎えていました。この時の伸一の新会館訪問の足跡《そくせき》は、各県の同志の、かけがえのない〝師弟の原点《げんてん》〟となっています。

広布の佳節《かせつ》に刻まれた師弟の精神を学び、実践に移していくことが、〝未来のドラマ〟をつづりゆく原《げん》動力《どうりょく》となります。

青年部は、２０２３年の「11・18」を目指して、「新・人間革命」世代プロジェクトを始動させました。

創立１００周年へ、一人一人が小説『新・人間革命』の師の魂《たましい》をわが心とし、「未来までの・ものがたり《物語》」（御書１０８６㌻）を紡《つむ》いでまいりたいと思います。

生命の光彩《こうさい》

「福光《ふっこう》」の章の連載《れんさい》は、２０１１年（平成23年）７月の本部幹部会で発表され、９月に開始されました。３月11日に発生した東日本大震災《だいしんさい》から半年後の、「復興《ふっこう》」の最中でした。

池田先生は、この時の本部幹部会のメッセージで、執筆《しっぴつ》の真情《しんじょう》についてこう述べられています。

「不屈《ふくつ》の負けじ魂《だましい》の一念は、偉大《いだい》な福光となって、必《かなら》ず必ず輝《かがや》き広がる。このことを、私は今再《いまふたた》び、大東北の凱歌《がいか》の同志と一緒《いっしょ》に、世界へ未来へ、大宣言《だいせんげん》したい」

同章は**「春を告《つ》げよう！／新生《しんせい》の春を告げよう！」**（７㌻）との詩で始まります。そして、１９７７年（昭和52年）３月11日に伸一が福島を訪問《ほうもん》したことが書きつづられていきます。

翌12日、彼は代表幹部との懇談《こんだん》の場で、「**元気で、生命が輝《かがや》いていることが大事なんです。生命の光彩《こうさい》こそが、人生の暗夜を照《て》らす光《ひかり》なんです。福光《ふっこう》なんです**」（89ページ）と語ります。こうした言葉が、東日本大震災で被災《ひさい》された方々《かたがた》の、どれほど大きな希望となり、支えとなってきたことでしょうか。

明年（＝2021年）は東日本大震災、そして連載から10年となります。同章では、生命を磨《みが》く学会活動こそが、「**人びとに絶対的幸福《ぜったいてきこうふく》への道を教え、人間の生命を変革《へんかく》し、社会の繁栄《はんえい》を築き、世界の平和を実現していく、唯一《ゆいいつ》の直道《じきどう》**」（84ページ）であると強調《きょうちょう》されています。

さらに、学会員の使命《しめい》について、「**苦難《くなん》の荒波《あらなみ》に、どんなに打ちのめされようとも、粘《ねば》り強《づよ》く、そこから決然と立ち上がる力《ちから》――それが信仰《しんこう》です。それが、地涌《じゆ》の菩薩《ぼさつ》です。真の学会員です**」（102ページ）と記されています。

コロナ禍《か》の今こそ、「福光」の章に示された指針《ししん》と学会員の誇《ほこ》りを胸に、励ましの〝福光〟で、世界を包《つつ》み込《こ》んでいく時です。

青年育成の指針《ししん》

広宣流布とは、何か特別な終着点《しゅうちゃくてん》があるのではなく、「流れ」それ自体のことです。「**さらに若《わか》い世代が、次のもっと大きな拡大の流れをつくる。その永《えい》続的《ぞくてき》な戦い**」（101ページ）です。

第25巻には、広布における青年部の役割《やくわり》や使命、そして青年育成の指針がちりばめられています。

青年部は、大切な学会の後継者《こうけいしゃ》であり、学会を今まで以上に興隆《こうりゅう》、発展《はってん》させゆく使命を担《にな》う人材です。伸一は、「福光」の章で、「**学会の後継者として、青年時代に必《かなら》ず身につけてほしいのは折伏力《しゃくぶくりょく》だ**」「**青年たちが、弘教《ぐきょう》の大闘士《だいとうし》に育たなければ、学会の未来は開けない**」（20ページ）と訴えます。

また、文京支部の〝一班一〇闘争《いっぱんいちまるとうそう》〟や、「山口開拓《かいたく》指導《しどう》」などの草創期《そうそうき》の闘争を通じて、拡大の壁《かべ》を破《やぶ》るのは、どこまでも〝師弟共戦〟にあることも示されます。

「薫風《くんぷう》」の章では、学会活動の基本について、**「生命の触《ふ》れ合《あ》いがあっての、指導であり、折伏《しゃくぶく》」**（262㌻）と記されています。いかなる時代になっても、魂《たましい》と魂の触発《しょくはつ》こそが学会の生命線です。ゆえに、**「一人のために、どこまでも足を運び、仏法を訴え、励《はげ》まし抜《ぬ》いていく」**（41㌻）ことで、広布は大きく前進していくのです。

青年部が、後継者《こうけいしゃ》として使命を果たすための、重要なポイントについても書かれています。①信心の確信《かくしん》をつかむための体験②仏法の法理《ほうり》に照らして、どう生きるかを学ぶ教学③師弟の絆《きずな》、良き同志と友情・連帯《れんたい》を強める、の3点です（同）。

「共戦」の章には、**「広宣流布の活動は、時代の変化を見極《みきわ》め、その時代に相応《そうおう》した価値的《かちてき》な実践方式《じっせんほうしき》を創造《そうぞう》していくべきである」**（11㌻）とあります。現在、男子部は、「体験談大会」を全国で開催《かいさい》し、〝体験の力《ちから》〟で勇気の輪《わ》を広げています。また、女子部は、〝希望の絆〟を拡大すべく、華陽姉妹《かようしまい》で励まし合いながら、「マイ　ロマン総会」を行います。知恵《ちえ》と工夫《くふう》を凝《こ》らした青年部の取り組みは、「時代に相応した価値的な実践方式」です。

学会創立90周年の「11・18」に、池田先生が詠《よ》まれた和歌の一首に、**「元初《がんじょ》より／地涌《じゆ》の歓喜《かんき》の／若師《わかじ》子《し》よ／大悪《あく》を大善《ぜん》へと／勝って舞《ま》いゆけ」**とあります。

「若師子」たる青年の奮闘《ふんとう》をたたえながら、団結も固く、池田門下の「希望・勝利」のドラマを勝ち開いてまいりましょう。

名言集

根を張《は》る

自分の幸福しか考えなければ、心は細《ほそ》り、もろくなる。しかし、広宣流布のための人生であると決め、信心の大地に深く根を張《は》れば、心は太く、強くなる。

（「福光《ふっこう》」の章、87ページ）

感謝《かんしゃ》の一念

人生を大きく左右《さゆう》するのは、福運《ふくうん》です。その福運を積《つ》むうえで大事なのは、感謝《かんしゃ》の一念です。

（「福光」の章、96ページ）

福運の宝玉《ほうぎょく》

君が歩いた分《ぶん》だけ、道ができる。あなたが語った分だけ、希望の種が植《う》えられる。困難《こんなん》に退《しりぞ》くまい。流した汗《あせ》も、涙《なみだ》も、すべては福運の宝玉《ほうぎょく》となる。

（「共戦」の章、105ページ）

後輩の姿《すがた》

先輩が立派《りっぱ》であったかどうかは、後輩の姿《すがた》に表れる。したがって、先輩が後輩の未熟《みじゅく》さを嘆《なげ》くことは、自《みずか》らの無力さ、無責任さを嘆いていることに等しい。

（「共戦」の章、158ページ）

生命の開拓《かいたく》

広宣流布は、一人ひとりへの励《はげ》ましによる、生命の開拓作業《かいたくさぎょう》から始まるのだ。

（「薫風《くんぷう》」の章、296ページ）

令法久住《りょうぼうくじゅう》

師を凌《しの》ぐ戦いができてこそ、本当の弟子なんです。師が指揮《しき》を執《と》っていた以上に、広宣流布を前進させてこそ、令法久住《りょうぼうくじゅう》なんです。

（「**人材城**」の章、329ジペー）

第 1 回「九州青年部総会」に出席した池田先生（1973 年 3 月 21 日、福岡・北九州市で）。同総会を記念し、先生は「九州が　ありて二章の　船出かな」との句を詠んだ

福島の五色沼（1995 年 6 月 18 日、池田先生撮影）。東日本大震災の半年後から連載が開始された「福光」の章では、1977 年（昭和 52 年）3 月 11 日からの山本伸一の福島訪問の模様が描かれている

世界広布の大道
小説「新・人間革命」に学ぶⅤ

発行日　二〇二一年二月十六日

編　者　聖教新聞社　報道局
発行者　松岡　資
発行所　聖教新聞社
〒一六〇－八〇七〇　東京都新宿区信濃町七
電話〇三－三三五三－六一一一（代表）

印刷・製本　大日本印刷株式会社

*

落丁・乱丁本はお取り替えいたします。

定価は表紙に表示してあります
ISBN978-4-412-01675-0